周辺領地の
特産物を使って
グルメフェス開催！

米料理を振る舞っちゃいます！

米の魔力に魅了された
師団長のため

聖女の魔力は万能です
The power of the saint is all around.
7

聖女の魔力は万能です
7
The power of the saint is all around.
Author
橘由華
Illustration
珠梨やすゆき

口絵・本文イラスト
珠梨やすゆき

装丁
ムシカゴグラフィクス

Contents

The power of the saint is all around. vol.7

Character

The power of the saint is all around.

セイ

異世界に聖女として召喚されたOL・小鳥遊《たかなし》聖《せい》。治療や魔物の浄化で大活躍し、各所から崇められるようになってしまったのが最近の悩み。料理や化粧品の開発が息抜き

レオンハルト

クラウスナー領の傭兵団を取りまとめるリーダー。優秀な薬師の腕をもつセイを気に入っている

アルベルト・ホーク

第三騎士団の団長。ちまたでは"氷の騎士様"と呼ばれているほどクールらしいが、セイの前では……?

ヨハン・ヴァルデック

薬用植物研究所の所長。セイの面倒をよく見てくれる。アルベルトとは幼なじみらしい

ユーリ・ドレヴェス

宮廷魔道師団の師団長。魔法や魔力の研究となると目の色が変わる。今は、セイの魔力に興味津々

ジュード

薬用植物研究所の研究員で、セイの教育係。面倒見がよく、人懐っこい。よくセイの料理をつまみ食いしにくる

アイラ

セイと同じく異世界に召喚された高校生・御《み》園《その》愛《あい》良《ら》。宮廷魔道師団で活躍中

エリザベス・アシュレイ

図書館で友達になった侯爵令嬢。セイのことをよく慕ってくれている

エアハルト・ホーク

宮廷魔道師団の副師団長で、アルベルトの兄。口数は少ないが常識人。ユーリにいつも振り回されている

1巻のあらすじ
Story line

残業から帰宅した瞬間、突然異世界に飛んでしまった二十代のOL・小鳥遊《たかなし》聖《せい》。

【聖女】として召喚されたものの、この国の王子はセイと一緒に召喚されてきた可愛らしい女子高生——御園《みその》愛良《あいら》だけを連れて部屋を出ていき、セイはその場に取り残されてしまった。

その後、紆余曲折《うよきょくせつ》あったが、日本に帰る方法も分からないため、セイは王宮にある薬用植物研究所で働き始めることにした。

セイは自らが【聖女】であると気付きながらも、それを隠し、ただの一般人として過ごしていた。

しかし、セイの能力はすさまじく、ポーション作製、料理、化粧品作製など、あらゆる面で人々を驚かせてしまう。作製した上級HPポーションで、第三騎士団団長・アルベルトの命を救ったことを皮切りに、セイは様々な奇跡を起こす。

そうして、王宮では「セイ・タカナシこそが【聖女】なのでは……？」と噂が広がるのであった。

2巻のあらすじ

Story line

宮廷魔道師団からの呼び出しを受けたものの、ひとまず【聖女】だとばれることは避けられたセイ。
宮廷魔道師団師団長・ユーリのスパルタ指導が始まり、忙しくも充実した日々を送っていた。
そして、特訓の賜《たまもの》か偶然か、金色の魔力で再び奇跡を起こしてしまい、いよいよ聖女疑惑が強まる。
しかし、第一王子・カイルは疑惑を否定し、セイと一緒に召喚されたアイラこそが【聖女】だと頑《かたく》なに信じていた。

セイが【聖女】であると周りが確信したのは、セイが同行した魔物の討伐でのことだった。
第三騎士団団長・アルベルトの危機に際し、セイは金色の魔力で、魔物が湧き出る黒い沼を一瞬で浄化したのだ。
その結果、セイを偽物だと断じた第一王子・カイルは謹慎処分を受けた。
異世界に来てから、カイルしか拠り所がなかったアイラも、これを機にセイや学園の友人との関係を築き、平穏な生活を得たのだった。

3巻のあらすじ

Story line

奇跡的な効果をもたらす金色の魔力を発動したため、とうとう本物の聖女と認識されてしまったセイ。だがその〝聖女の魔力〟がどんな条件で発動したのかはわからないまま。

そんなセイに、薬草の聖地への遠征依頼が舞い込む。薬師に弟子入りしたり、傭兵団長に気に入られたり、薬膳っぽい料理を作って振舞ったり、遠征を楽しみながらもポーション作りに精を出しているうち、彼女は先代の【聖女】の手記を見つける。その手記を手がかりに、ついに〝聖女の魔力〟を使えるようになったセイだったが、その条件は、「ホーク団長を思い浮かべる」という、人には言えない恥ずかしいものだった……！

しかし、無事に〝聖女の魔力〟を使えるようになったため、セイも騎士団や傭兵団と一緒に森の調査に向かうことになる。

4巻のあらすじ
Story line

【聖女】の術を扱えるようになったセイは、調査のために貴重な薬草が群生する森に向かった。

力自慢の騎士団と傭兵団に守られ、安心しながら森を進んでいると、現れたのは物理攻撃に強いモンスター『スライム』だった！

苦戦しつつも何とか包囲網を抜け出し、逃げ帰ることができたセイ達は、相性の悪さにどうするべきかと悩む。そこに宮廷魔道師団の師団長・ユーリとアイラが駆けつけた！

強力な援軍の登場もあり、セイ達は無事に森の浄化を終え、クラウスナー領に安寧が戻る。
宴ではセイとアイラも料理を振舞い、傭兵団とも交流が深まって大団円！
だが、セイには気掛かりになっていることが一つあった。それは、スライムによって枯れ果ててしまった森の惨状だった。そしてセイは〝聖女の魔力〟で奇跡の再生を成し遂げる！
こうして全ての役目を終えたセイ達は、別れを惜しまれながらも、晴れ晴れとした気持ちで王都へと帰還するのだった。

5巻のあらすじ

Story line

薬草の聖地クラウスナー領から帰還したセイに、謝礼として珍しい薬草や種が届く。これらを使って新しい化粧品の開発をするセイ。セイのレシピで作った化粧品は世の女性たちに大人気で、新商品が出れば飛ぶように売れてゆく。そして、周りの勧めで、ついにセイの商会を立ち上げることになった。商会の管理をしてくれるオスカー達と出店する王都に視察に行ったところ……この世界に来て初めて、〝コーヒー〟に出会ってしまう！

外国の品に興味を持ったセイは、日本食を探し始める。貿易が盛んな港町に行けばあるいは……と期待に胸を膨らませて向かったが、食材探しの前にトラブルを発見。怪我をした船員を治療するために魔道師を捜し回っている異国の船長と出会って自作のポーションで助けたところ……その国の食材が大当たり！　馴染み深い味噌や米との再会に、セイは大喜びするのだった。

6巻のあらすじ
Story line

王宮に海外から留学生がやってくることになった。

留学にくるのは、ザイデラという国の皇子だという情報を聞き、内心冷や汗を流すセイ。

なぜなら、前に港町で助けた船長がザイデラの人間だったからだ。

人助けのためとはいえ、市井に卸していないセイ特製の5割増し上級ポーションを渡してしまったことが、何か悪い方向に働いたのではないか……と勘ぐるも、皇子の目的は【聖女】ではなく、単にスランタニア王国のことを学ぶためとのこと。

念には念を入れ、皇子が薬用植物研究所を訪れる時間を避けていたのに、うっかり出会ってしまった……!

話をするうち、セイは皇子が母親の病気に効く薬を探していることに気づき、日本での知識を活かしてあらゆる状態異常に効果がある万能薬を作り出すことに成功する。万能薬は製作者の名を伏せ、無事に皇子の手に渡ったのだった。

第一幕　出発

「セイ、荷物が届いてるよ」

「ありがとう、ジュード」

研究所で騎士団へ卸すポーションを作っていると、箱を抱えたジュードが入り口からひょっこりと顔を覗《のぞ》かせた。

他《ほか》にも行く所があるようで、私宛《あて》の荷物を入り口近くのテーブルに置くと、すぐに踵《きびす》を返した。

後ろ姿にお礼を述べて、キリのいいところで手を止めて、荷物を開封する。

荷物の中には、見慣れない薬草と種、それから手紙が入っていた。

送り主はクラウスナー領の領主お抱えの薬師《くすし》であるコリンナさんだ。

時候の挨拶《あいさつ》から始まる手紙を読み進めて行くと、驚くべきことが書かれていて、思わず「嘘《うそ》っ！」と声を上げた。

その声を、丁度部屋の前を通り掛かった所長が耳にしたらしい。

足を止めて、こちらにやって来た。

「どうした？」

「あっ、コリンナさんが」

「コリンナって、クラウスナー領の薬師のか？」

「そうです」

興奮のあまり、要領を得ない返事をしてしまう私に、所長は手振りで落ち着けと示した。

それで少しだけ落ち着きを取り戻した。

「それで、彼女がどうしたって？」

「薬草の栽培に成功したって」

「薬草？　これか？　って、これはっ！」

私が何に驚いていたのかを知ると、所長も目を丸くした。

手紙と一緒に届けられたのは、コリンナさんが栽培に成功したという薬草だった。

その薬草が非常に珍しい物であることは、所長も知っていたらしい。

目にした途端に、所長は言葉を失った。

それも仕方ない。

届けられたのは、自生しているのを見つけるのも非常に難しいと言われている薬草だ。

かつてはクラウスナー領で栽培されていたけど、いつしか育てられなくなってしまった薬草でもある。

今回、コリンナさんが栽培に成功したという薬草は、最上級ＨＰポーションの材料だった。

「こ、これの栽培に成功したのか？」

「そうみたいです。私も挑戦はしてたんですけど、まだ上手《うま》くいかなくて」

「は？　お前も？」

「あれ？　言ってませんでしたっけ？」

「聞いて……たな……」

一瞬、聞いていないと言い掛けた所長は、途中で思い出したらしく、がっくりと肩を落とした。

このところ、所長は色々忙しくしていたので、私が栽培を開始すると報告したのを忘れていたのだろう。

てっきり、言うのを忘れていたかと、冷や汗をかいたのは内緒だ。

問題の薬草だけど、栽培条件自体はかつての【聖女】でもある【薬師様】が残してくれた書物に記述があった。

けれども、時を経たからか何なのか、同じ条件では再度の栽培はできなかったのだ。

そのため、コリンナさんと私の双方で条件を変えつつ再度の栽培に挑戦していたのよね。

「それにしても、これを栽培するかぁ……」

「凄《すご》いですよね。流石《さすが》薬師の聖地」

所長が肩を落としているのは、疲れによるものだけではないだろう。

不可能だと思われていた薬草の栽培に自分以外の人間が成功したことが悔しいというのもあると

思う。

こう見えて、所長も薬草栽培のマニアだしね。

それに、悔しいのは私も同じだ。

けれども、反面嬉《うれ》しくもある。

何故《なぜ》なら、栽培が成功したということは、これから量産ができるということでもあるからだ。

「お前は嬉しそうだな」

「ええ。これで以前から狙《ねら》っていたポーションが作れますしね」

「ポーション？」

「はい。最上級ＨＰポーションです」

今までは纏《まと》まった量が手に入らなかったこともあり、作るに至らなかった最上級ポーション。

しかし、材料が量産できるのであれば、作ることも可能だろう。

作製に必要なもう一つの要素である製薬スキルのレベルは、既に最上級のポーションが作れる程度に上がっているしね。

「待て待て。作れるのか？」

「製薬スキルのレベルは足りているって、コリンナさんに言われましたよ」

製薬スキルのレベルは、そのレベルに応じた難易度の物を作らないと上げることはできない。

ただ、下級のポーションで上げられるところまでレベルを上げると、中級のポーションが作れるようになっている。

同様に、中級の上限まで上げれば上級の物が作れるようになるし、上級の上限まで上げれば最上級の物が作れるようになる。

そして、私は上級ＨＰポーションで上限まで製薬スキルのレベルを上げていた。

だから、最上級のポーションも作れるようになっている。

しかし、そこで行き詰まってしまった。

上級ＨＰポーション以上の難易度のポーションのレシピが見つからなかったからだ。

そこに現れたのが、クラウスナー領で教えてもらったコリンナさん秘伝のレシピ。

そのレシピのお陰で、一度は行き詰まっていた製薬スキルのレベル上げが進んだ。

ただ、それでも上限はあり、再び製薬スキルのレベル上げは行き詰まっていた。

そんな私にとって、今回の報《しら》せは非常に喜ばしいものだ。

最上級ＨＰポーションが作れるようになれば、レベル上げが再開できるからね。

そこまで上げる必要があるのかって？

世の中何があるか分からないから、上げられるなら上げておいた方がいいでしょ。

やり込みたい性格をしているからというのも理由の一つだけど。

「そこまで上がってたのか……。いや、だが、材料が……」

「コリンナさんが送ってくれた分もありますし、それに研究所《ここ》でも栽培しようかと思ってるんですけど」

「ここでって、まだ成功してないだろうが」

「それなんですけど、手紙に栽培条件が書かれてるんですよね……」

栽培が成功したことにも驚いたけど、それよりも驚いたのは栽培条件が書かれていたことだ。

クラウスナー領とは、気候も違えば、土も違う。

それでも、手紙に書かれている内容は、非常に有益な情報だ。

この情報がどれほどの価値を持つものなのかは、当然所長も理解している。

だから、またしても所長は言葉を失った。

「それで、研究に使うために、出来上がった最上級ＨＰポーションが欲しいそうです」

「そ、そうか……」

「お渡ししても良いでしょうか？」

「そうだな……。今ある材料で、何本くらい作れそうなんだ？」

「それが不明なんですよね。作ったことがないので、成功率がどれくらいか分からなくて」

「なら、出来上がった物の三分の一を送ろうか。残りはうちでも研究に使いたいのと、王宮への献上用だな」

「王宮にもですか？」

「あぁ。最上級のポーションなんて久しく作られてないからな」

薬師の聖地に集《つど》った薬師さん達の中にも、最上級のポーションを作れる人はいない。

一体いつから作られなくなったのかは分からないけど、それが再度作れるようになったというのは、王宮に献上してもいいほどの快挙らしい。

薬草自体も貴重な物なので残す必要はある。

けれども、最上級ＨＰポーションを作る許可は下りた。

どれくらいの量の薬草を残すかを所長と話していると、研究員さんの一人が部屋にやって来た。

所長に用があるようで、まっすぐにこちらに向かってくる。

「お話し中すみません。王宮から使いの者がやって来ました」

「王宮から？　用件は？」

「所長とセイの呼び出しのようです。詳細はお二人に直接話すと、応接室でお待ちです」

「分かった。すぐに向かう」

王宮からの呼び出し。

一体何だろう？

心当たりを考えても思い浮かばない。

それは、所長も同じようで首を傾《かし》げている。

ならば、後はもう使いの人に訊《き》くしかない。

所長と二人、王宮からの使いの人が待っているという応接室へと向かった。

◆

王宮から使いの人が来た翌日。

所長と一緒に国王陛下の執務室へ出向いた。

用件はザイデラに関することらしい。

詳細は使いの人が直接話すと聞いたけど、結局分かったのはそれだけだ。

詳細とは……。

ザイデラに関することと言われると、思い浮かぶのはテンユウ殿下と万能薬のことだ。

テンユウ殿下の母親である側室様は長らく病に臥《ふ》せっていた。

テンユウ殿下はその病気に効く薬を求め、スランタニア王国に留学に来たのだ。

症状を聞くに、既存の薬はなく、新たに作ったのが万能薬だ。

万能薬は既存の考えに囚われず、薬草を一切使わずに作られた。

材料は【聖女の術】を使って育てた林檎《りんご》と、林檎の花から取れた蜂蜜だ。

五里霧中で開発しているところに、団長さんがお土産として持ってきてくれた蜂蜜が取っ掛かりとなったのだ。

元いた世界では、蜂蜜は万病に効くって言われていたことを思い出したのよね。

同様に、林檎も一日一個食べると医者いらずという言葉があった。

共に病に効きそうな物を合わせてみるのはどうだろうと、ポーションを作ってみたところ大成功。

無事に万能薬が出来上がった。

その名が表す通り、万能薬は症状の種類を問わず状態異常を解除できる。

従来の状態異常回復ポーションと比較しても、遥《はる》かに高い効果を持つのだ。

そのため、万能薬は一旦《いったん》王宮預かりとなった。

せっかく作った万能薬だったけど、テンユウ殿下の手に渡るかどうかは、国王陛下達の判断次第となってしまった。

しかし、私の心配をよそに、万能薬は作製者を伏せて、国王陛下からテンユウ殿下へと渡されたそうだ。

ただ、どういう経緯で渡されたのかや、側室様へと渡ったのかは分かっていない。

もしかして、その辺りの話を聞かせてもらえるのだろうか。

あれこれ考えてみたけど、想像の域を出ない。

まぁ、行けば分かるだろうと、使いの人には呼び出しに応じる旨を伝えて、昨日のところは帰ってもらった。

「よく来てくれた。掛けてくれ」

陛下の執務室には宰相様もいらっしゃった。

陛下の勧めに応じて、所長と並んでソファーへと座る。

それと同時に陛下が手を振ると、部屋の中にいた侍従さんや騎士さん達が皆、部屋の外に出た。

そして陛下と宰相様、私と所長の四人だけになると、宰相様が口を開いた。

「今日お呼びしたのは、ザイデラから届いた贈答品について、お話しさせていただくためです」

ザイデラからの贈答品?

想像していなかった内容に心の中で首を傾げると、それを感じ取った宰相様が説明してくれた。

宰相様の話では、二日前にザイデラから贈り物が届いたらしい。

贈り主はもちろんテンユウ殿下で、急な留学を受け入れてくれ、沢山の知己を得たお礼ということだそうだ。

届いた品々はテンユウ殿下が留学中に訪ねた研究所や人に関《かか》わる物ばかりだったらしい。

例えば、ザイデラの治水や農作物に関する書物だったり、ザイデラで採れる鉱石や貴石だったり。

それなりに量もあることから、王宮では関係各所に下賜することを決めたのだとか。

薬用植物研究所も例に漏れず、ザイデラ固有の薬用植物の種子や苗をいただけることになった。

「こちらが、そちらへと下賜される物の一覧だ」

「拝見します」

宰相様から手渡された一覧を読み進めた所長は、隠すこともなく目を輝かせた。

横から少し覗《のぞ》いたけど、思わず目を瞠《みは》ったわ。

ちらりと見えたあの植物の名は、ザイデラでもお目にかかる機会が滅多にないとテンユウ殿下が言っていた物ではないだろうか。

当時、話を聞いていた所長が一度実際に観察してみたいと言っていたはずだ。

その植物が含まれているのであれば、所長が表情を取り繕うことを忘れるのも納得できる。

「それから、こちらとは別にセイ様にもお渡ししたい物があります」

「私にですか?」

他《ほか》にも珍しい植物がないかと、所長が持っている一覧をもう一度見てみようと思ったところで、宰相様から声が掛かった。

渡したい物があると言われて、漸《ようや》く自分がこの場に呼ばれた理由を理解する。

最初に伝えられた通り、薬用植物研究所への物品授与だけであれば、所長を呼ぶだけで事足りる。

だから、何で自分が呼ばれたのか、少しだけ疑問に思っていたのよね。

「はい。セイ様には万能薬を提供していただきましたので」

万能薬は陛下がテンユウ殿下に贈った物ということになっている。

作製者も伝えられていないので、テンユウ殿下からの贈答品が万能薬のお礼を兼ねているというのであれば、送り先は陛下であるはずだ。

万能薬の報酬だと言うのであれば、受け取ってもいいのだろうか?

普段の威厳ある表情とは違い、優しそうな笑顔をこちらに向ける宰相様を見るに、何かしらの意図は感じられない。

一瞬悩んだのに気付いたのか、宰相様は渡す物は文具等の日用品だと追加で教えてくれた。

日用品ならば、いただいてしまってもいいかな？

一応、受け取っていいものかを確認するために宰相様から所長へと視線を移すと、所長は真面目《まじめ》な表情で頷《うなず》いた。

それを受けて宰相様へお受けすると返事をすれば、贈り物は研究所の分と合わせて、後日届けてくれるという話になった。


翌日の午後。

王宮から荷物が届いた。

倉庫に置かれた種子や苗を見て、研究員さん達と一緒に盛り上がる。

育成方法が記された書物を開きながら、いつどこに植えるかを話した。

研究員さん達と一通り騒いだ後は、自分の部屋へと向かった。

研究所の下働きの人にお願いして、自分宛《あて》の荷物は自室へと運んでもらったからだ。

日用品とは聞いたけど、一体何が来たのか。

文具だと宰相様が言っていたので、ザイデラで作られた紙もあるかもしれない。

ザイデラでは製紙も盛んで、料紙という染料で色付けされたり、文様が刷り込まれていたりする華やかな紙も作られているとテンユウ殿下から聞いていたので、少し楽しみだ。

ワクワクしながら部屋へ戻ると、机の上に大小様々な箱が積まれていた。

普通の木箱もあるのだけど、それに交ざって黒い箱があるのに気付き、思わず目を凝らす。

久しく見ていなかったけど、見間違いでなければ、あれは漆塗りの箱ではないだろうか。

少し嫌な予感がしつつも、机に近付いて詳細を確認し、そして頭を抱えた。

黒い箱は予想通り漆塗りの箱だった。

遠目では分からなかったけど、側面には植物の模様が立体的に彫られている。

それだけではなく、縁に蒔絵《まきえ》で模様も描かれていた。

蓋《ふた》は更に豪華だ。

蒔絵の模様の中に虹色《にじいろ》に光る部分がある。

そう、螺鈿《らでん》まで施されていた。

あまりにも豪華な箱に遠い目をしてしまう。

この箱は何なんだろう。

文箱《ふばこ》にしては大きい。

文具というのだから書類入れか何かだろうか。

他の用途が思い付かない。

取り敢《あ》えず、箱の用途は後で考えよう。

まずは一通り確認するのが先だ。

そのために確認が済んだ文箱（仮）を移動させようと手に持ったところで、違和感を覚えた。

思ったよりも重かったのだ。

不思議に思い蓋を開けると、そこにはティーセットが一揃《ひとそろ》え入っていた。

シンプルな白一色の陶器だけど、形が面白い。

ティーポットはスランタニア王国で主流の物とは異なり、胴体も持ち手も角ばっている。

また、カップは小さく、持ち手がない。

これはカップというよりも茶碗《ちゃわん》ね。

それも中国茶を飲むときに使われる物によく似ている。

少しだけ日本を思い出して懐かしくなり、カップを一つ手に取って眺める。

そこで、薄《うっす》らと入っている模様に気付いた。

目を凝らさないと分からないくらいだけど、確かに蓮《はす》の花の模様が描かれている。

ティーポットもよく見れば、同じ模様が入っていた。

何だか、お洒落《しゃれ》だ。

「お、確認してるな」

「あ、所長」

カップの模様に見入っていると、開きっぱなしだったドアの向こうから声を掛けられた。

振り返ると、所長が立っていた。

私宛に届いた荷物の内容が気になり、見に来たようだ。

「何が来たんだ？」

「文具だって聞いていたんですけど、違う物もあるみたいで……」

そう言って、手に持っていたカップを差し出すと、所長は部屋に足を踏み入れた。

所長が受け取ったのを確認して口を開く。

「これは？」

「多分、ティーカップです。よく見ると模様が入っているんですよ。綺麗《きれい》ですよね」

「あぁ、本当だ。こういう感じで模様が入っている物は初めて見た。凄《すご》い技術だな」

感嘆したように話す所長の言葉に、不穏なものを感じた。

凄い技術？

「凄い技術なんですか？」

「そうなんじゃないか？　万能薬のお礼だしな」

「万能薬の」

「あぁ、一国の王家が秘蔵していたと言われるポーションの対価だ。下手な物は贈ってこないだろ」

「ってことは、これってかなり高価なのでは？」

「まぁ、そうだろうな」

「あ――――」

嫌な予感が的中したことに、その場にしゃがみこんで頭を抱える。

うん、そうよね。

所長の言う通りだ。

王家の秘蔵品の対価が普通の品であるはずがない。

うぅ、日用品だって聞いていたのに……。

所長は宰相様の「万能薬を提供していただきましたので」という言葉を聞いた時点で、渡される物が高価な物であると予想していたみたいだ。

それ故、私が視線を送ったときに真面目な表情で頷いたのだとか。

それならそうと、分かるように伝えて欲しかった。

もっとも、宰相様の前で私が辞退するようなことを所長が言えるはずがないのは理解している。

結局のところ、最終的に受け取ると決めた私が悪い。

あのとき、宰相様の笑顔を信じるんじゃなかった……。

今度からは宰相様の笑顔に油断しないよう気を付けよう。

高価な品を前に、私はそう心に決めた。

◆

王宮の庭園にある東屋《あずまや》に、コロコロと鈴を転がすような笑い声が響く。

笑っているのは、背後に咲き乱れる花々にも劣らないほど可憐《かれん》なリズだ。

最近はアイラちゃんと三人でお茶をすることが多かったんだけど、今日はアイラちゃんの都合が付かなかった。

そのため、今日は久しぶりに二人でのお茶会を開いていた。

「それは、ゴルツ閣下に一本取られましたわね」

「本当よ……」

笑いながら話すリズに、ぐったりとした声を返す。

話していたのは、先日国王陛下から下賜されたザイデラの品々の話だ。

ゴルツ閣下というのは宰相様のことで、彼に日用品だと言われて受け取った品物が思った以上に高価な物っぽかったことを愚痴っていたのだ。

技巧を凝らしたティーセットに始まり、あると嬉《うれ》しいなと思っていた綺麗な料紙、精巧な龍《りゅう》が彫られた白い文鎮や、同じく草花が彫られた透明な筆置き、鮮やかな色合いの光沢のある布地等。

渡されたのは、日用品と言われれば、そうかもしれないけど、とても普段使いするのが勿体《もったい》無いような物ばかりだった。

文鎮が象牙《ぞうげ》っぽい色をしていたり、筆置きが水晶っぽかったりするのは、多分気のせいだと思う。精神衛生上良くないので、そう思いたい。

「こちらのティーポットも贈られた品の一つでしたわよね？」

「そうよ。ぱっと見はただの白地の陶器なんだけど、よく見ると模様が入っているの」

今日使っているティーポットも、ザイデラからの贈り物だ。

王宮から送られた品を開梱《かいこん》した際に、最初に手に取ったティーセットに含まれていた物である。

せっかくの頂き物なので、今日のお茶会で早速使ってみることにした。

マナーの講師曰《いわ》く、こういう高価で珍しい品のお披露目をする会には、それなりの格式が必要らしい。

とはいえ、今日のお茶会は内輪のものと雖《いえど》も、参加者は侯爵令嬢で、しかも王子の婚約者でもある。

そのため、このお茶会でザイデラからの贈り物のお披露目をしても問題ないはずだ。

講師に聞かれたとしても、きっと怒られないと思う……、多分。

「まぁ、本当に。形も珍しいですわね」

「リズから見てもそうなのね。形も気に入ってるのよ。一緒にカップも入ってたんだけど、そちらも形が変わっていたわね」

「どんな形ですの？」

カップも一緒に入っていたけど、スランタニア王国のティーカップとは違い、持ち手がない。使い慣れない形の物をいきなり出すのもどうかと思ったので、今回は敢えてティーポットのみを使用していた。

リズの問い掛けを受け、側《そば》に控えていた侍女さんがトレイに載せたカップを差し出してくれる。侍女さんにお礼を言ってからカップを受け取り、リズの目の前に置いた。

「これよ」

「持ち手がありませんのね」

「そうそう。だから、急に出したら戸惑うかと思って、今日は使わないことにしたのよ」

「そうでしたのね。ありがとうございます。それにしても持ち手がないなんて……。どう使うのでしょう？」

「お茶を六分目か七分目まで入れて、カップの上の方をこう持つんだと思うわ」

「セイは使い方をご存《ぞん》じでしたの？」

「日本にも似たような茶器があるから、そう思っただけよ。もしかしたら、ザイデラでは全然違う使い方をするかもしれないわ」

そこまで話すと、手に持っていたカップを側に控えたままの侍女さんに渡す。

いつまでも手元に置いておくと、うっかり割ってしまいそうで怖いからね。

リズは侍女さんがカップを受け取るのを見て、続けて手を上げた。

それを合図に、いつぞやのように、近くに控えていた侍女さんや護衛の騎士さんが遠ざかる。

相変わらず、統制が取れているわね。

内心で感心しつつも、何故《なぜ》人払いをしたのだろうかと首を傾《かし》げる。

「ザイデラでの使い方は、そのうち伝わると思いますわ」

「どういうこと？」

スランタニア王国とザイデラとの定期的な取引も始まり、取引の規模は徐々に拡大している。

うちの商会以外の、他《ほか》の商会も様々なザイデラの品を仕入れるようになったからだ。

こうして交流が増えれば、その分、文化の流入も増える。

カップの取り扱い等のマナーについても伝わってくるのは時間の問題だろう。

けれども、リズはそういう伝わり方ではないと言外に匂《にお》わせた。

態々《わざわざ》口にするということは、そういうことだと思う。

しかも、人払いをした後だ。

聞くのがちょっと怖いけど、つい気になって訊《き》いてしまった。

「内々の話ですが、実はザイデラへと使節団を送ることが決まりましたの」

「使節団？」

「ええ。複数の研究所からザイデラへの留学願いが奏上されたそうですわ」

テンユウ殿下から贈られた物の中にはザイデラの書物も多く含まれていた。

書物は関係各所に下賜されたのだけど、読んでみると色々と勉強になることが書かれていた。

載っていた情報のお陰で、滞っていた研究が進んだりしたため、最近は彼方此方《あちこち》の研究所が活況を呈している。

書物から学べることは多いけど、ザイデラの研究員達と顔を突き合わせて語ることができれば、もっと多くのことを学べるのではないか。

研究員達は書物を片手にそう考えた。

特に、視察の際にテンユウ殿下と話したことにより、新たな気付きを得た人達ほど、そう思ったらしい。

そして、自分達もザイデラで学ぶ機会を作って欲しいと、国王陛下に陳情したそうだ。

「へー。それで使節団を送ることになったんだ」

「ザイデラで学ぶことは研究員達に良い刺激になるだろうと、陛下もお考えになったそうですわ」

確かに。

リズの言う通り、薬用植物研究所でも専門家ではないテンユウ殿下との交流は研究員さん達に良い刺激を与えた。

相手が専門家となれば、もっと良い刺激となると思う。

「そうなると、各研究所からも人が派遣されるのかしら？」

「恐らく、そうなると思いますわ」

うちの研究所からも誰《だれ》か行くのかしら？

自分も行ってみたいとは思うけど、恐らく許可は下りないだろう。

最近は黒い沼が見つかったという話を聞かないけど、まだ各地の魔物は通常時よりも多いらしいし。

いつか落ち着いたら行けるといいな。

紅茶を口にしながら、そんな風に考えていると、リズから思いがけない話が飛び出した。

「その使節団ですけど、カイル殿下が大使を務めることが決まりましたの」

「え？　って、第一王子の？」

「ええ、そのカイル殿下ですわ」

驚いて、つい確認してしまったけど、真っ先に頭に浮かんだ彼で間違いなかったようだ。

ザイデラから来た使節団のトップが皇子様だったのだ。

釣り合いを考えると、こちらの使節団のトップも王子が務める方が丁度良いのだろう。

けれども、リズはそれで良いのかしら？

元々、リズとカイル殿下は、リズが学園《アカデミー》を卒業した後すぐに結婚すると聞いていた。

予定通りに進めるのであれば、結婚まで後一年もない。

テンユウ殿下の留学は移動の時間を含めても一年もなかったけど、あれは異例の事態が発生したからだ。

この世界で海外留学というと、一般的には一年以上掛かることが多い。

使節団としてザイデラに行くのであれば、カイル殿下が予定通りにリズと結婚できるとは思えない。

そうなると、結婚が延期されるのだろうか？

卒業したとしても、そのときリズはまだ十五歳だ。

日本での感覚からすると、一年、二年遅れても問題はなさそうだけど……。

つい色々と考え込んでしまい、黙り込むと、辺りがしんと静まり返った。

リズはそんな雰囲気を気にした風もなく、ティーカップを口に運ぶ。

そして、考え込んでいた内容が伝わっていたのか、私が気になっていたことを話し始めた。

「こちらも内々に決まったことなのですが、カイル殿下との婚約が解消されることになりましたの」

「えっ？」

何てことない風に、リズは次の爆弾を投下した。

婚約解消!?

何で!?

それ、結構大事《おおごと》じゃない？

あまりの発言に驚いたけど、右往左往するのは私ばかり。

当事者であるはずのリズは口元に薄《うっす》らと笑みを浮かべたまま、いつも通りだ。

「これから大変ですわ。暫《しばら》く、お茶会のお誘いが増えそうですもの」

「大変って、そっち⁉　っていうか、お茶会？」

「ええ、そうですわ。御子息や御兄弟を紹介しようとされる方が増えそうですの」

婚約解消とお茶会の因果関係が結びつかず、怪訝《けげん》な顔をして問い掛ける私に、リズが説明してくれた。

リズはまだ成人していないため、夜会には参加できないけど、昼間の社交には参加できる。

その昼間の社交の中心、御婦人方が開催するお茶会で参加者の子息や兄弟について、それとなくアピールされるのだとか。

結婚相手としてどうか、という売り込みらしい。

売り込みが上手《うま》くいけば、次に子息や兄弟を正式に紹介される場が設けられるそうだ。

婚約解消したばかりなのに？　と疑問に思ったけど、そういうものらしい。

この国のことに関しては、まだまだ勉強中なので、先輩であるリズがそう言うのなら正しいのだろう。

それに、王子の婚約者に選ばれていただけあり、外見も中身も、そして家柄も良いリズは好物件。

人気が高いから我先にと殺到されるのだと考えれば、何となく納得はできる。

非常に打算的な話だけど。

「社交には慣れておりますけど、少々面倒ですわ」

「うん、まぁ、そうね。面倒だっていうのは、何となく分かる」

想像してみると、確かに面倒かもしれない。

会ったこともない人の良い所を聞くのは問題ない。

けれども、それがお茶会の間中、延々と続けられるのであれば、少々問題だ。

愛想笑いで顔が筋肉痛になりそうだもの。

「他人事《ひとごと》ではありませんわよ」

「私は……」

「セイは私よりも人気がありますもの」

「そんなことは……」

「ありますわ」

私は関係ないと言おうとしたけど、否定するように、リズが被《かぶ》せて口を開く。

その後も、否定しようとすると、同じように最後まで話させてもらえない。

珍しく悪巧みをしているような笑みを浮かべるリズに、ひくりと頬《ほお》が引き攣《つ》った。

「セイもお披露目が終わりましたし、お仕事の方も最近は落ち着かれているでしょう？　これから、そういう場に呼ばれることが増えるのではなくて？」

「そういう場って、お茶会に？」

「セイの場合は、夜会のお誘いもありそうですわね」

「えーーー」

夜会と聞いて、思わず嫌そうな声を上げれば、リズはクスクスと笑う。

そして、止《とど》めを刺すかのように、既に王宮には大量の招待状が送られてきているのではないかと言った。

そんなことはないと思いたかったけど、実際にその通りだったと分かるのは、それから数日後。

所長から呼び出されたときのことだった。

舞台裏

ザイデラの王宮から少し離れた場所に、テンユウが過ごす離宮があった。

元は王宮内に部屋があったのだが、ある理由により、テンユウは離宮へと移った。

仕事を行うための執務室は未《いま》だに王宮内に残されているが、テンユウは離宮にも執務室を作った。

偏《ひとえ》に、原因不明の病に罹《かか》り、明日をも知れぬ身となった母親の側《そば》に付いているためだった。

午後の柔らかな日差しが入る離宮の執務室に、風に乗って微《かす》かな笑い声が届いた。

その声に、テンユウは書類の上で動かしていた手を止めた。

聞こえてきた声の持ち主はテンユウの母親だ。

侍女相手に話が弾んでいるのだろう。

執務室まで声が届くということは、離宮の中庭でお茶でもしているのだろうか。

楽しそうな母親の様子を思い浮かべ、テンユウの口元に笑みが浮かぶ。

「大分お元気になられたようですね」

「うん。暫く寝たきりだったせいか、まだ体は動かしにくいようだけど、中庭には出られるようになったみたいだね」

側で共に書類仕事をしていた側仕えの一人が、テンユウの表情を見て、同じように表情を緩める。

口にしたのは、テンユウの母親のことだ。

幼い頃《ころ》からテンユウに仕えていた側仕えは、テンユウの母親が長い間、病に臥《ふ》せていたのも知っている。

「あの薬が効いて、本当にようございました」

「そうだね」

頷《うなず》きながら、テンユウは側仕えの言う「あの薬」が見つかるまでのことを思い返した。

◆

ザイデラでは庶民は基本的に一夫一妻で、皇帝や貴族は一夫多妻である。

妻の数は位が高くなるほど多くなり、皇帝になると数千人の妻を持つと言われている。

もっとも、皇帝の妻の数については諸説あり、妻が住まうと言われる後宮にいる女性の数を全《すべ》て妻として数えているという話もある。

今代の皇帝は、歴代の皇帝と比べると妻の数は少ないと言われている。

それでも、後宮には数百人の女性が住んでいた。

妻の数が多ければ、比例して子供の数も多くなる。

現皇帝の子供は男女合わせて、四十人を超えている。

そのうちの一人、第十八皇子がテンユウだ。

ザイデラで皇位を継げるのは男子のみだが、それでも上に十七人の兄がいたテンユウの皇位継承順位は低い。

加えて、テンユウの母親は下位貴族の娘で、力を持たない家の出身だ。

現在は七番目の側室と言われているが、元々はもっと低い位の妻で、テンユウを生んだ後に位が上がった女性だった。

故に、もしもテンユウが第一皇子であったとしても継承順位は低かっただろう。

それどころか、命があったかも分からない。

何故《なぜ》なら、力のない妻が男子を身ごもった場合は、母子諸共《もろとも》にはかなくなるのが後宮の常だったからだ。

そのような環境で生まれ育ったからか、テンユウは自己主張をあまりしない性格に育った。

皇子の中では上位に入るほど頭脳明晰《めいせき》ではあったが、表立って興味を示すのは算術や自然科学に関することばかり。

政治に関することには、とんと興味を示さなかった。

これはテンユウの処世術だった。

下手に目立てば、命が危ない。

母から厳しく言い聞かされてもいたが、後宮にいる他《ほか》の者達を見ていれば、そのことを自《おの》ずと学べた。

その行動は正しかったようで、一時は危なかったが、成長するにつれてテンユウとその母親に注目する者は減っていった。

テンユウが薬草や医療に関することに傾倒し始めたのは、母親が病に倒れてからだ。

先述の通り、テンユウの母親は位が高くない。

そのため、病気になったからといっても、皇帝や、皇帝の正室である皇后ほど手厚い看護は受けられず、ただ病が進行するのを遅らせるくらいの治療しか受けられなかった。

もっとも、病気を治せないのは位が低いからという理由だけではない。

テンユウの母親の病状は徐々に体力が衰え、手足等が動かせなくなるというものだ。

このような病状は前例がなく、治療法すら分かっていないというのが一番大きな理由だった。

二人で後宮内の荒波を乗り越えてきたテンユウと母親の絆《きずな》は強い。

医者から効果的な治療法がないと宣言されても、テンユウは母親のことを諦《あきら》めることはできなかった。

そこで、独自に有効な治療法を探し始めた。

誰《だれ》しもが聞いたことのない症状の治療法を探すのは困難を極めた。

ザイデラの宮殿、皇宮にある書物を片端から調べても、手掛かりは何一つ見つからなかった。

けれども、無二の母親の命がかかっているテンユウは探索を続けた。

探しているうちに、一人だけの力では無理だと判断して、他の後宮の者達に目を付けられない程度に配下を増やしたりもした。

テンユウと母親が離宮への移動を許されたのも丁度この頃だ。

許可という名の隔離ではあったが、他人の目がない分、後宮にいた頃よりも大きく動けるようになったのは都合が良かった。

それでも、治療法どころか、母親のような症状の病気についての情報すら見つからなかった。

いよいよ母親が寝たきりとなり、諦めかけたそのときに、配下の一人から連絡が届いた。

最近、取引を始めたスランタニア王国に優秀な薬師《くすし》がいるという情報だった。

「いかがされました？」

「あっ、いや、ちょっと信じられない報告が……」

配下からの報告書を手にテンユウが茫然《ぼうぜん》としていると、訝《いぶか》しんだ側仕えがテンユウに声を掛けた。

我に返ったテンユウが報告書の内容を伝えると、側仕えもテンユウと同様に驚いた。

「上級のポーションを作れる者が市井に、ですか？」

「そうらしい」

テンユウも側仕えも、俄《にわか》には報告書に書かれていた内容を信じることができなかった。

それほど、ザイデラの常識で考えると信じられないような話だった。

けれども、報告書には、配下の者が平民からポーションを貰《もら》い、そのポーションで粉砕骨折した両足を完治させることができたと書かれていた。

平民から貰ったポーションを与える前に、既に何本かのポーションを与えていたとも記されている。

それを加味しても、両足の粉砕骨折を一度に治せるほどとなると該当するポーションは上級ＨＰポーションしか思い浮かばない。

「この内容通りであれば、確かに作製者は市井にいそうですが……」

テンユウから報告書を受け取り、内容に目を通しても、側仕えは難しい表情を崩さなかった。

報告書には、上級ＨＰポーションを平民が持っていたことを根拠に、作製者が市井にいると判断したことが書かれていた。

一見すると、その判断は正しく思える。

けれども、果たして、それほどのポーションを平民が手に入れることができるのだろうか？

テンユウも側仕えも、そこが気になり、作製者が市井にいるという部分に懐疑的だった。

できるとしたら、余程の大商人か、その薬師を抱えている商人自身くらいしか思い付かないが、報告者によると該当する商人は見つかっていないという話だ。

（その平民は、本当に平民なのだろうか？）

報告書を見つめていると、ふと違う考えがテンユウの脳裏に閃《ひらめ》いた。

その考えとは、ポーションを渡した者は、実は平民ではなく、平民の格好をした貴族だったのではないだろうか？　というものだ。

ザイデラとスランタニア王国が取引を始めてから、まだ間もない。

それでも、分かることはある。

市井に上級のポーションを作れる者がいるよりも、平民の格好をした貴族が町を歩いている方が、余程可能性が高いということも、その一つだ。

（貴族だとしたら、ポーションの入手先は商会、あるいは……王宮？）

ザイデラでは、上級のポーションを作れる薬師は全て皇帝に仕えている。

そのため、上級のポーションを入手できるのは皇族か、上位の貴族に限られていた。

スランタニア王国も同様であるかは判断が付かなかったが、似たようなものではないだろうか。

ザイデラの常識と、僅《わず》かとはいえ学んだスランタニア王国の情報から、テンユウはそう考えた。

母親のことを考えれば、薬師をザイデラに招くことが最善策だ。

薬師が市井にいるならば、高待遇でもってザイデラの皇宮へ招聘《しょうへい》することも可能だろう。

しかし、スランタニア王国の王宮に勤めている薬師や貴族であれば、難しい。

何故なら、高待遇を約束されたとしても、言葉も通じない他国で暮らすことを選択する者は少ないからだ。

余程の薬草マニアであれば、ザイデラにしかない薬草に惹《ひ》かれて来るかもしれないが……。

招聘する以外にも、選択肢はある。

例えば、スランタニア王国の薬師から情報を得ることもそうだ。

どこの国でも、王宮等の中心地には優秀な者が集まる。

その王宮にいる薬師であれば、スランタニア王国で知られている、ありとあらゆる薬草や病気について、詳しく知っているのではないか？

ザイデラでは見つけられなかったが、スランタニア王国には探しているものがあるかもしれない。

しかし、商会であればまだしも、配下の者達が王宮の薬師に接触するのは少々難しいだろう。

では、どうすれば良いか？

様々な考えが頭を過《よぎ》った結果、テンユウはスランタニア王国に留学することを決めた。

その後のテンユウの行動は早かった。

色々な所に根回しを行い、驚異的な速さでスランタニア王国へと留学の打診を行った。

後宮の者達は、常日頃から自身の思惑の障害となるものに目を光らせている。

そんな者達の目を惹いてもおかしくはないくらい、テンユウは手際良く段取りを付けた。

けれども、後宮の者達がテンユウと母親に何かを仕掛けることはなかった。

何故ならば、皇帝がテンユウの留学を後押ししたからだ。

どうやら、テンユウが他国から新たな技術を習得して来ることを期待しているようだった。

こうして、皇帝の肝煎《きもい》りともなったテンユウの留学は、すぐさま準備が整えられた。

その結果、スランタニア王国から留学受け入れの返事が届いた一週間後には、テンユウはザイデラを後にすることになった。

◆

長い航海を終え、テンユウはスランタニア王国に着いた。

テンユウの乗った船が接岸したのはスランタニア王国の港町であるモルゲンハーフェンだ。

船の上から眺める街並みがザイデラとは全く異なることに、テンユウは外国に来たのだという思いを強くした。

「いよいよですね」

「そうだね……」

スランタニア王国に向かったのはテンユウだけではない。

配下の者達も一緒だ。

街並みを眺めるテンユウに声を掛けたのも、その一人。

この船の船長であり、薬師についての報告を上げてきた者でもあるセイランだ。

「降りてからの予定は、決められていた通りで？」

「うん。君達は市井で薬師を探して欲しい。見つからなくても、定期的に報告は上げて」

「かしこまりました」

スランタニア王国に着いたテンユウと配下の者達は、二手に分かれた。

テンユウ達は王宮で、セイランを含めたもう片方は市井で、薬師の情報を探るために。

セイランが以前来たときには見つからなかったとはいえ、市井に薬師がいる可能性はまだあるからだ。

王宮に向かったテンユウだが、留学生としてだけでなく、外交特使としての役割も担っていた。

ここ最近、スランタニア王国とザイデラの間で貿易が増えてきたこともあり、この辺りで一度国同士の親交を深めようということらしい。

そして、外国からの特使が訪れたということで、スランタニア王国の王宮でテンユウ達の歓迎式典が開かれることになった。

歓迎式典は二部制で、一部では国王への謁見、二部では夜会が行われる。

もちろん、主役であるテンユウは両方へ出席した。

（あれは【聖女】？）

謁見の際、国王がいる壇上の下、一番壇に近い位置に、白いベールを被《かぶ》った人物がいた。

テンユウは一瞬だけ視線を向けて確認し、その人物が立つ位置と服装から、それが【聖女】だと見当を付けた。

留学に備えてテンユウが学んだスランタニア王国の情報の中に、【聖女】ついての事柄も含まれていた。

それは、スランタニア王国で一般に知られている情報と変わらない。

故に、【聖女】とは瘴気《しょうき》を祓《はら》う者というのがテンユウの認識だった。

（スランタニア王国の【英雄】か……）

国王の下へと続く絨毯《じゅうたん》の上を歩きながら、テンユウは【聖女】の情報を思い返す。

【聖女】というのは、【聖女】にしか使えない術を用いて、魔物を殲滅《せんめつ》するらしい。

【聖女】と同じように、他とは画する速度で魔物を倒す力を持つ者のことを、ザイデラでは【英雄】と呼ぶ。

【英雄】とは、【聖女】のように固有の術を使う者だけを指す言葉ではない。

単純に、他よりも強力な力で魔物を倒せる者のことを指す。

例えば、人よりも遥《はる》かに優れた腕力を持ち、物理攻撃で魔物を殲滅する者も【英雄】と呼ばれた。

もっとも、スランタニア王国の【聖女】とザイデラの【英雄】の間には、できることの幅に大きな隔たりがある。

ザイデラの【英雄】が現在は名誉職の一つとなっており、皇帝からの指名で任命される職業となっているためだ。

そのため、現在ザイデラで【英雄】と呼ばれている者は周りから見て明らかに魔物討伐能力に秀でている者というくらいで、スランタニア王国の【聖女】であるセイのように規格外の力を持ってはいなかった。

だから、テンユウは巷《ちまた》で言われているような【聖女】の能力が全《すべ》てだと思い、一瞥《いちべつ》しただけで、すぐに【聖女】への興味を無くした。

もし、【聖女】が聖属性魔法に非常に秀でていることをテンユウが知っていたならば、きっと興味を失うことはなかっただろう。

歓迎式典が終わると、テンユウは精力的に動き出した。

王立学園《アカデミー》や、王宮内にある各種研究所に赴き、スランタニア王国の様々な事柄についての情報を集めた。

本音を言えば、薬に関することだけに注力したかった。

しかし、王国側に足元を見られないためにも、本来の目的を悟られない方がいい。

そう判断したテンユウは、薬に関係のないことについても調べることにしたのだ。

そうして、王宮にある様々な研究所を訪れる中、本命の薬用植物研究所にも足を運ぶ日が来た。

僅かな期待を胸に訪れたテンユウだったが、結果はあまり芳しくないものだった。

収穫がなかった訳ではない。

スランタニア王国のポーション事情や、固有の薬用植物等、色々な情報を得ることはできた。

ただ、どれも母親の病状に結びつくものではなかっただけだ。

少し気落ちするテンユウだったが、そこで諦《あきら》めるようなことはなかった。

一日だけの視察では、得られる情報も限られている。

都合を付けて、再度訪れ、研究員と交流を持てば、欲しい情報が手に入るかもしれない。

視察を終え、研究所の出口に向かいながら、テンユウは今後の行動について考えを巡らせた。

諦めなかったのが良かったのだろうか。

側仕《そばづか》えや護衛の騎士を引き連れて、テンユウが薬用植物研究所の廊下を歩いていると、少しだけ開いていた窓の方から研究員が話す声が聞こえた。

まるで、天啓のように。

「あっ！　今日はセイがいない日か！」

「あぁ。朝、所長が言っていただろ？」

「忘れてた。あー、実験用のポーション作ってもらおうと思ってたのに……」

背後にスランタニア王国の騎士がいることもあり、テンユウは横目で声のした方を確認した。

どこかから研究所に帰ってきたのだろう。

研究員が二人、研究所の入り口の方へ連れ立って歩いていくのが見えた。

場所柄、この研究所にはポーションを作れる者が多くいる。

けれども、それら全ての者が、全てのポーションを作れる訳ではない。

何故《なぜ》なら、ポーションにはランクがあり、製薬スキルのレベルが高くなければ、上のランクのポーションは作れないからだ。

もし、話していた研究員が下級のポーションしか作れず、実験用のポーションが中級の物であるならば、作製を他人に依頼するのは自然なことだ。

ただ、テンユウは話題に上っていた人物の名前が気になった。

先程も同じ名前を耳にしたからだ。

丁度、ここの研究員とポーションの話をしているときのことだった。

別の研究員が「セイ」の名前を呼びながら部屋に入ってきたのだ。

そして、「セイ」という人物はおらず、入ってきた研究員はそのまま出て行った。

それだけの話だったが、思い返せば、余計に引っ掛かった。

テンユウの顔を見た際に、その研究員が一瞬瞠目《どうもく》したのに気付いたからかもしれない。

その日の夜。

ベッドに入る寸前、テンユウは声を落として側仕えに話し掛けた。

「今日行った研究所だけど」

「はい。何かありましたか？」

「うん。できれば、もう一度行きたい。私だけで」

「それは……」

問い返してきた側仕えに、テンユウは薬用植物研究所への再度の訪問を希望した。

就寝前とあって、今は部屋の中にはテンユウと側仕えしかいない。

しかし、外の護衛に漏れ聞こえる可能性を考え、テンユウは訪問の目的を口にしなかった。

それでも、長年の付き合いである側仕えには意図が伝わった。

テンユウ一人での行動にはいい顔をしなかったが、側仕え自身が付いて行くことを条件に、目的を問うことなく頷《うなず》いた。

不在だったこともあり、「セイ」という人物のはっきりとした姿や性格等は分からない。

それでも、他《ほか》の研究員からポーションの作製を依頼されることから、研究員の中では製薬スキルのレベルが高いことが窺《うかが》える。

その人物であれば、母親の症状に合う薬草やポーションについて知っているかもしれない。

だが同時に、そのレベルの高さが障害になるだろうとも思った。

市井でもそうだが、引き抜きを防ぐために、総じて生産スキルのレベルが高い者は秘匿されることが多い。

視察の際に不在だったということだけで、「セイ」という人物がテンユウ達から隠されていると判断することはできないが、その可能性を否定することもできなかった。

そのため、テンユウはスランタニア王国の人間に知られることなく、薬用植物研究所へ向かおうとしたのだった。

他国の王宮で、その国の者に黙って行動をするのは、そう何度も使える手ではない。

得られる機会は一度きりで、会える可能性はほとんどないと言っても過言ではなかったが、テンユウは行動を起こした。

そうして、薬用植物研究所の薬草畑で、テンユウは自国の者によく似た相貌《そうぼう》を持つ研究員と邂逅《かいこう》した。

黒髪に黒い瞳《ひとみ》を持つ研究員は「セイ」と名乗った。

◆

テンユウと側仕えの行動は予想通り問題となったが、スランタニア王国側にも多少問題があったからか、苦言を呈されただけで終わった。

テンユウが、つい気が乗って遠出をしてしまったと、すぐに謝罪をしたのも功を奏したのかもしれない。

もっとも、次も同じように行動することは難しくなった。

スランタニア王国側も問題に対処するように、それまでにも増して護衛の騎士が側を離れなくなったからだ。

とはいえ、気になっていた人物には会うことができたので、ひとまずは良しとした。

セイと名乗った研究員に出会ってから、テンユウは薬用植物研究所に行く頻度を上げた。

所属する研究員達と話す機会も増え、それなりに仲良くなった者もいた。

しかし、薬草畑で出会って以降、セイを研究所で見掛けることはなかった。

セイのことを知る切っ掛けとなった他の研究員の言葉から予想すると、セイは研究所に所属はしているが、普段は研究所以外で働いているのかもしれない。

ザイデラの人間と同じような容姿をしていることもあってか、何となくテンユウはセイのことが気になった。

テンユウが望む知識をセイが知っているかどうかが分からないため、余計に引っかかったのかもしれない。

だから、仲良くなった研究員に会う度に、セイがいないかを聞くようになった。

テンユウがセイのことを気にしているのが、研究所の上の者にも伝わったのだろう。

暫《しば》くすると、セイが研究所にいるようになった。

二度目に会ってからテンユウは何度も研究所を訪れたが、今までとは打って変わって、セイは大抵研究所にいた。

セイの作業内容も、ほぼいつも同じで、テンユウが訪れるときにはポーションを作っていることが多い。

他の研究員から依頼されるほどだ。

研究員達の中でもセイの製薬スキルのレベルは高いのだろう。

テンユウはそう考えていたのだが、残念なことにセイは上級のポーションは作れないらしい。

気落ちしたテンユウだったが、後にいいこともあった。

テンユウがそれとなく話しながら、どのような知識を持っているのかを探っていくうちに、セイが上級の状態異常回復ポーションについて調べるようになったのだ。

セイ曰《いわ》く、テンユウと話しているうちに興味が湧《わ》いたらしい。

テンユウにとっては僥倖《ぎょうこう》だ。

それは正にテンユウが求めている物だと言ってもいい。

上級の状態異常回復ポーションは病を治癒できるものが多いからだ。

問題は、一口に状態異常回復ポーションといっても、治療したい症状によってレシピが異なることだった。

ザイデラにも数多くの状態異常回復ポーションのレシピがあるが、テンユウの母親の症状に合うものは見つかっていない。

スランタニア王国ではどうか？

セイが王宮の図書室から上級の状態異常回復ポーションのレシピが載った本を借りてきたというので、テンユウはわずかな期待を胸に抱きながら、セイと共に目を通した。

パラパラと簡単に見ている振りをして、目的のポーションが記載されているページを探す。

けれども、記載されていたのは既に試したことのある物ばかりで、新しい物は見つからなかった。

近付いたと思ったら、また遠ざかる。

テンユウは非常にもどかしく感じた。

「こちらの国で作られる上級の状態異常回復ポーションのレシピはこれで全てなのでしょうか?」

気付けば、つい口にしていた。

はっとしたが、時既に遅し。

スランタニア王国に来てから、本来の目的を悟られないようにテンユウは気を付けていた。

研究員達に質問する際も直接的な問い掛けは控えていた。

けれども、ここに来て気が緩んでしまったらしい。

感情が揺さぶられた後だったからか。

それとも、慣れない外国で同郷人に似た容姿を持つセイに対して、つい気を許してしまったのか。

両方だろうか。

テンユウが心の中で失態に狼狽《うろた》えている間に、セイから核心に迫る質問をされた。

「どういった物をお探しですか?」

チャンスだったのかもしれない。

しかし、テンユウはその問いに答えることはできなかった。

聞いてしまおうかという考えが一瞬頭を過《よぎ》ったが、同時に先程の失敗を思い出したため、その考えを振り払ったのだ。

テンユウが特に探している物はないと伝えると、セイは残念そうな顔をした後、また別の話を始めた。

少し暗くなってしまった雰囲気を変えるためか、セイは殊更明るい声で、冗談っぽく話した。

こんなポーションがあればいいですねと。

症状に関係なく治せる状態異常回復ポーション――万能薬。

荒唐無稽《こうとうむけい》だけど、テンユウにとっては魅力的な話だ。

もしもそれがあったならば……。

テンユウはただ目を細めて、「本当にそんなポーションがあればいいですね」と口にした。

その後、再びテンユウがその名を聞いたのは、セイに母親の容態を打ち明け、共に状態異常回復ポーションのレシピを探すも、中々見つからない日々に焦《じ》れだした頃《ころ》のことだった。

◆

その日、テンユウが与えられた部屋で寛《くつろ》いでいると、国王の使いを名乗る者がやって来た。

話を聞くと、国王がテンユウを内密に呼んでいると言う。

呼び出しを受けるには遅過ぎる時間で、しかも使いの者は見たことのない顔だ。

常識的に考えれば、怪しいこと、この上ない。

普段であれば時間を理由に断るところだが、何となく第六感が働いた。

相手が相手であることもあり、テンユウは側仕えを一人だけ連れ、使いの者の後を付いて行った。

使いの者も初めてであれば、通る道もまた初めてだった。

ザイデラでも城の中は入り組んでいることが多いが、スランタニア王国でも変わらないらしい。

記憶力の良いテンユウでも、ここから与えられた部屋までは戻れるが、別の場所へと行こうとするのは難儀しそうだと感じた。

それにしても、一体何の用で呼ばれたのだろうか。

一抹の不安を覚えているからか、テンユウは歩きながら色々と考えを巡らせた。

テンユウがいた部屋からまっすぐ国王の執務室に向かうよりも長い時間を掛けて、テンユウ達は目的地に到着した。

案内された部屋もまた、初めて入る部屋だった。

ドアの両脇《りょうわき》には騎士が待機しており、テンユウ達がドアの前に来るとジロリと視線を向けてくる。

しかし、それも一瞬のこと。

テンユウ達の姿を確認した騎士は、部屋の中へと客が到着したことを知らせた。

テンユウ達が中から開かれたドアを潜《くぐ》ると、三人掛けのソファーに国王が座って待っていた。

国王の後ろには、宰相が立っている。

後は、テンユウと側仕え、そして侍従が一人。

その侍従も、国王とテンユウにお茶を淹《い》れると、すぐに部屋を出ていった。

国王の用件というのは、余程周りに聞かれたくないものらしい。

部屋の中にいるのが四人だけとなり、テンユウは警戒を強めた。

「夜分遅くの呼び出しに応じてくれて感謝する」

「いえ」

「学園《アカデミー》の方は慣れただろうか？」

「はい。周りの方々には親切にしていただいて、助かっております」

ザイデラでもそうであるように、国王は雑談から始めた。

本題が気になりつつも、テンユウは問われたことに答えを返す。

話している間の国王や宰相の表情は穏やかなもので、内心を窺い知ることはできない。

本題は気になるが、焦りは禁物だ。

テンユウも気を引き締め、相手に心情を窺わせないよう薄く笑みを浮かべた。

そうしていると、話は学園のことから、視察に行った研究所のことに変わった。

テンユウとの遣《や》り取りが良い刺激となり、訪問先の研究が活性化されたことについて国王から礼を述べられる。

こちらこそ良い勉強になったと礼を返しつつ、テンユウの背中には冷や汗が流れた。

視察先でのテンユウ達の様子は、国王に全《すべ》て報告されていた。

視察の際には、護衛としてスランタニア王国の騎士が付いていた以上、監視されているのはテンユウも理解していたことだ。

国王達の思惑を見越した上で行動には気を付けていたが、自身の最近の行動を思い返せば、溜息《ためいき》を吐《つ》く他ない。

テンユウがスランタニア王国に来た本当の目的を隠し果《おお》せているとは、とても思えなかった。

予想は当たり、最近は数ある研究所の中でも、薬用植物研究所をよく訪れていることに言及された。

国王から薬草について興味があるのかと問われ、テンユウは微妙に言葉尻《ことばじり》を濁しながら頷《うなず》いた。

何か言われるだろうか。

テンユウが不安を覚えつつ、国王の様子を窺《うかが》っていると、話は思いもしない方向に転がった。

「テンユウ殿は、その昔、我が国に薬師《くすし》の祖と呼ばれている者がいたことをご存《ぞん》じだろうか？」

「いえ、残念ながら」

「そうか。その者は非常に優れた薬師で、今いる薬師達よりも遥《はる》かに優れた技術を持っていたと言われている」

「そうなのですか？」

「あぁ。今では作れない薬も作れていたようだ」

国王がそこまで話すと、国王の後ろに控えていた宰相が動いた。

宰相は壁際のチェストの上に載せられていたトレイを持ち、国王とテンユウの間にあるテーブルの上に運んだ。

トレイの上には四角い箱が載せられているようだ。

しかし、光沢のある緋色《ひいろ》の布が掛けられているため、中身がどのような物であるかは判別が付かなかった。

「これは？」

「王家に残されている、その薬師が作ったと言われているポーションだ」

ポーションという単語に、テンユウの眉《まゆ》がピクリと動いた。

動揺を面に出してしまったことに、テンユウは内心で舌打ちしたが、それを目にしたはずの国王が言葉を続ける様子はなかった。

宰相も国王と同様で、反応を返すことなく、トレイに掛けられている布へと手を伸ばす。

そして、宰相が布を取り去ると、その下には箱に詰められたポーションが三つ、並んでいた。

「このポーションは万能薬と呼ばれていた物になる」

「万能薬、ですか？　一体、どのような効果が？」

「あらゆる状態異常を治すと伝わっているな」

「あらゆるというのは……」

「言葉のままだ。毒でも麻痺《まひ》でも病でも、症状に関係なく癒《い》やすと言われている」

名前を聞いたときから予想はしていたが、逸《はや》る気持ちを抑えて尋ねたテンユウに、国王は期待し

ていた通りの答えを返した。

国王の説明を聞き、夜も更けてから人目を忍ぶように呼ばれた理由を、テンユウは即座に理解した。

失われた技術で作られた非常に優れたポーションは、王家が秘匿するに十分な物だ。

しかも、そのポーションは長きに亘《わた》ってテンユウが求めていた物だった。

信じられない思いで万能薬を凝視しながら、テンユウはどういう反応を返すのが正解なのかと、忙しく頭を働かせた。

ここで出してきた以上、万能薬を求めてスランタニア王国に来たことは間違いなく国王に知られていると、テンユウは判断した。

どういう経路で知られたのかは、今考えることではないので一旦《いったん》頭の片隅に置いておいた。

最優先で考えなければいけないのは、国王がどういう意図を以《もっ》て、万能薬を出してきたのかということだ。

希望的観測で、貰《もら》えるというのなら貰ってしまいたい。

けれども、その場合にスランタニア王国に支払う対価は、間違いなく大きなものになる。

今、対価を求められないとしても、いつかは返さなければならない大きな借りとなるだろう。

自分だけの話ならば、それでもいい。

しかし、ザイデラとしては……。

「こちらは貴殿に差し上げよう」

「それは……」

「探していたのだろう？」

考え込んでしまったテンユウに国王が話し掛ける。

自分に酷《ひど》く都合の良い言葉が聞こえ、テンユウは落としていた視線を努めてゆっくりと上げた。

国王が口にした言葉を信じられない思いと、万能薬を渇望する思いとで、テンユウの心は千々に乱れる。

それでもどうにか表情に出すことなく、テンユウは返事を口にした。

「これを受け取る訳には参りません」

「何故《なぜ》？」

「私には、これに見合う対価を用意することができません」

硬い表情で断ったテンユウに対し、国王は何かを企《たくら》んでいるかのように片側だけ口角を上げた。

「私も一国を率いている身だ。対価はいらない、とは言えない。だが、別に今すぐ用意しろという訳ではない」

「それは……」

「何、投資のようなものだ。いずれ返してもらおう」

返事を迷うテンユウに、畳み掛けるように宰相が説明を始めた。

曰《いわ》く、今すぐ対価を求めないのには理由があると。

ポーションは他の物に比べて劣化しにくい。

保存方法を間違えなければ、百年近く効果が保たれるとも言われている。

ただ、目の前にあるポーションは作られてから既に百年以上は経《た》っていた。

王家で保管されていた物なので、適切に保存されていたことは間違いないが、それでも未《いま》だに作られた頃と同等の効果を保っているとは限らない。

そのため、テンユウの母親の症状に効くかは、現時点では五分五分だ。

だから、対価はポーションの効果が判明してからで構わない。

それが、国王と宰相の言い分だった。

実際のところ、テンユウが考えた通り、国王と宰相はテンユウが万能薬を欲していたことも、欲する理由も知っていた。

薬用植物研究所の所長であるヨハンが報告を上げていたからだ。

そして、テンユウの前に置かれた万能薬を作ったのはセイである。

作られたのは、つい最近のこと。

その効能についても、主だった状態異常に効果があるのは実証済みだった。

セイが【聖女】の能力を活用して作った万能薬は、本来であれば王家で秘匿されるほどの逸品だ。

それをテンユウに渡したのは、国王がセイの希望を汲《く》み取ったからである。

もっとも、【聖女】の能力を知られないためには、全てを明らかにすることはできなかった。

それ故、万能薬の作製者を薬師の祖として有名な【薬師様】とし、それに伴って作った年代を偽ったのだ。

結果として、対価を決めないまま渡すことになってしまったが、国王と宰相はそれでもいいと判断した。

スランタニア王国に来てからの様子を見れば、テンユウが誠実な人間であることは理解できた。

自身の利益のみを追うような者ではない。

であれば、後になったとしても、テンユウは必ず万能薬に見合った対価を渡してくるだろう。

それも、スランタニア王国の利益となるようなものを。

万が一、こちらに都合の悪いものであるなら、撥《は》ね除《の》ければいいだけの話だ。

国王達は、そう考えた。

「分かりました。ありがたく受け取らせていただきます」

宰相の説明を聞いた後、少しばかり考え込んだが、最終的にテンユウは万能薬を受け取ることにした。

座ったままではあったが、最大限の感謝を表すように深く頭を下げるテンユウに、国王は鷹揚《おうよう》に頷いた。

話が纏《まと》まってからのテンユウの動きは速かった。

表向きは母親の容態が悪化したとの連絡があったことを理由に、ザイデラへ戻る準備を始めた。

慌ただしくスランタニア王国を離れ、ザイデラに着いてからもすぐに母親の下へと向かった。

幸いなことに母親の容態は小康状態を保っていたようで、母親の様子は留学に行く前と変わっていなかった。

急に戻ってきた息子に驚く母親に、テンユウは挨拶《あいさつ》もそこそこに万能薬を差し出した。

そうまで急いだのは、万能薬の話を聞きつけた他《ほか》の者に奪われないためだった。

スランタニア王国の国王との話し合いの場に連れて行ったのは、側近ただ一人。

その側近が万能薬の話を漏らすとは思っていない。

しかし、留学を切り上げて急ぎザイデラへと戻ったテンユウの行動から、何かしらあったのだと勘付く者は多いはずだ。

それは皇帝も同じだろう。

皇帝から留学を切り上げた理由を問い質《ただ》されてしまえば、力を持たぬテンユウは正直に話すしかない。

手に入れた万能薬は全て献上することになるだろう。

そうなれば、万能薬が再びテンユウの下に戻ってくることはない。

求めたところで、何だかんだ理由をつけて渡そうとしないだろう者の顔を、テンユウは何人も思い浮かべることができる。

そうなる前に、テンユウは万能薬を母親に使いたかった。

たとえ効くかどうかは五割の確率だと言われても。

試す理由など、皇帝に献上する前に効果を検証したかったとでも言えばいい。

国王から与えられた万能薬は三本。

そのうちの一本でも皇帝へ献上すれば十分だろう。

さらに言えば、この万能薬を手に入れたことを理由に、留学を切り上げて急ぎ戻ってきたことにしようとも考えていた。

テンユウは元より独り占めするつもりはなかったのだ。

そんな風に、常にない慌てた様子の息子から差し出された薬を、テンユウの母親はじっと見詰めた。

テンユウはこれまでも数多くの薬を母親に与えていた。

決して安くはないそれらの薬を用意するために、テンユウが苦労しているのを母親は知っている。

この薬を手に入れるのに、どれほどの苦労を掛けたのだろうか。

今までと同じように、また期待外れの結果に終わってしまったら、息子はどれほど落ち込むだろうか。

テンユウは母親にそうした姿を見せたことはないが、陰で落ち込んでいるのを母親は見抜いていた。

苦労をしたらした分だけ、結果が伴わなかったときの落胆は大きいだろう。

そう思うと、母親はすぐに薬を飲むとは伝えられなかった。

そうやって母親が薬を手に取るのを躊躇《ためら》っていたからか、テンユウはどうにか飲んで欲しいと、言葉を尽くした。

もちろん、伝えたのは良いことばかりではない。

スランタニア王国の宰相から説明された通り、万能薬は古い物で、効くかどうかは半々の確率であることも正直に話した。

悪いことも包み隠さずに話したのは、効果が出なかった際に、母親が気に病まないようにするための保険だった。

テンユウが話し終わり、少しして、母親は薬を飲むことを了承した。

既に一人で起き上がることも、明瞭《めいりよう》に話すこともできなかったが、母親は僅《わず》かに頷いてテンユウに意思を伝えた。

スランタニア王国では侍女に当たる宮女が母親の体を支えて起こし、テンユウが口元へと万能薬の瓶を添えた。

そして、ゆっくりと母親に万能薬を飲ませる。

一見、劇的な変化は見られなかった。

しかし、当人にとっては違ったのだろう。

飲み干した後、母親は大きく目を見開き、涙を流した。

その様子を見て慌てたテンユウだったが、母親がはっきりとした口調でテンユウの名を呼んだことで、事態を悟った。

万能薬はその名の通りの効果を現したのだ。

テンユウと母親は互いの長年の苦労を労《ねぎら》うように抱き合った。

母親を抱きしめたテンユウの目にも、嬉《うれ》し涙《なみだ》が浮かんでいた。


その後のことは、テンユウが予定していた通りに進んだ。

今まで母親の治療にあたってくれていた医者と共に母親の経過を観察し、病気が完全に治癒したことを確認した後、テンユウは皇帝に残りの万能薬を献上した。

効果のほどは、寝たきりだった母親が今では椅子《いす》に座れるほどに回復していることで実証済みだ。

以前のように、普通に生活しているだけで徐々に体が動かなくなるというようなことはない。

もちろん、皇帝に献上する前に母親に万能薬を使用した理由については、当初考えていた通りに伝えた。

ただ、万能薬を入手した経緯についてはスランタニア王国の王都で偶然手に入れた物という風にぼかした。

今まで入手してきた薬と同じように入手したことにしたのだ。

そうしたのは、物が物だけに、国王から譲渡されたことが表沙汰《おもてざた》になれば、あちらに迷惑を掛けることになるかもしれないと危惧《きぐ》したからだ。

母親の病気が治った以上、テンユウにとってスランタニア王国の国王は恩人だ。

皇帝や後宮にいる他の者達よりも大事な人物である。

その恩人に迷惑が掛かることは何としてでも避けたかった。

本来であれば追及されても不思議ではなかったが、皇帝はテンユウの言うことを全《すべ》てそのまま受け入れた。

実は皇帝もテンユウと母親のことを気に掛けてはいたのだ。

しかし、政治的な問題があり、表立って何らかの支援をすることはできず、多少なりとも罪悪感を抱いていた。

それ故、皇帝はテンユウの話に不自然さを感じても追及することなく、万能薬を持ち帰ったことを労うのみとした。

こうして、長きに亘《わた》るテンユウの薬探しは終わった。

第二幕　社交

リズとのお茶会から数日後。

仕事中に所長に呼び出された。

所長室へ向かえば、執務机に両手を組んで項垂《うなだ》れる所長がお出迎えしてくれた。

「お呼びだと聞いたんですけど……」

「あー、そうだ。まぁ、掛けてくれ」

所長に促されて、応接セットのソファーに座ると、所長も執務机から移動してきた。

手に持つのは、先程まで執務机の上にあった手紙だ。

それを見た瞬間、先日のお茶会でリズが言っていたことが頭を過《よぎ》り、嫌な予感がした。

所長はソファーに腰掛けると、私の前にその手紙を置いた。

手紙は内容が検《あらた》められた後なのか、既に封が開いていた。

「あの、これは？」

「招待状だな」

「招待状……」

予感というのは嫌なときほど当たるものだ。

引き攣《つ》りながら目の前に置かれた手紙について問えば、予想通りの答えが返ってくる。

なんてこったい。

心の中で「うわぁ」と嫌そうな声を上げていると、表情にも表れていたようだ。

所長も苦笑いしながら、ここまでの経緯を教えてくれた。

お披露目が終わったことで、いよいよ【聖女】の社交が解禁されたと貴族の人達は判断した。

そう判断した人達の次の行動は決まっている。

自家への招待だ。

そのため、窓口となっている王宮に【聖女】宛《あて》のお茶会や夜会の招待状がわんさかと届いたそうだ。

「そんなに沢山来たんですか？」

「あぁ。半数以上の家から届いていたらしいぞ」

そうか、半数以上か。

それって、討伐で会ったことがない家のほぼ全部とか言わないですよね？

どこか遠い目をしながら語る所長を見て、一緒になって黄昏《たそが》れる。

とはいえ、実際に目の前に置かれた招待状は一通だけだ。

何故《なぜ》かというと、王宮側の判断で間引いてくれた後の招待状だけが、私の下まで届けられているからだ。

王宮には、かなりの量の招待状が届いたらしいのだけど、それらは全て王宮側が開封し、中身を確認してくれた。

私宛の招待状を他人が開封するのはいいのかって話だけど、確認されたことについては気にしてはいない。

今のところ私的な手紙については研究所に届けられていて、王宮に届けられる手紙はほとんど社交場への招待状だ。

そんなダイレクトメールにも等しい内容の手紙を誰《だれ》かに見られたとしても、特に思うことはない。

そもそも、私的な手紙が届くことが滅多にないのよね。

クラウスナー領のコリンナさんからか、商会から化粧品の売り上げなんかの報告書が届くくらいじゃないかしら。

後は、地方の領主様達から魔物の討伐のお礼状が来るくらいだ。

また、大量の招待状の送り主を確認して、参加の可否を判断するのも結構な労力だ。

この国の貴族については王宮での講義でも習っているけど、送り主が所属する派閥や力関係等、政治的な部分を即座に判断するのはまだ難しい。

特に今まで関《かか》わり合いがなかった家については。

だから、王宮が間引いてくれる、この状況は非常にありがたかったりする。

しかも、お断りの返事も王宮側が出してくれるので余計にね。

「でも、ここまで届いたのは一通だけなんですね」

「あぁ。その代わり、間違いなく参加は必須《ひっす》となるな」

「そうなんですか？　断ってもいいって聞いてますけど」

「どうしても断りたかったら、それでも構わないが。俺は参加しておいた方がいいと思うぞ」

いつもであれば私の意思を尊重してくれる所長だけど、今回は珍しく参加をお勧めしてくる。

どういうことかと眉根《まゆね》を寄せると、所長は「裏を見てみろ」と言う。

手紙を裏返すと、見知った紋章の封蝋《ふうろう》が目に入った。

「送ってきたのは文官の最大派閥を率いる家だ。普通ならまず断れない招待だな」

「確かそうでしたね。講義でも習いました」

「加えて、ここまで届いたってことは、王宮側も顔を繋《つな》いでおいた方がいいと判断したってことだろう」

「そうなりますね」

「どうせ断っても、またそのうち招待されるんだ。今受けておいた方がいいだろうな」

所長の言う通りだ。

改めて招待されるのであれば、今回受けてしまった方がいいだろう。

特にお断りできるような理由もないし。

それに、所長が言う王宮側の判断にも頷《うなず》ける。

派閥の分け方には色々あるけど、その家の人間がどういう職業の人材を多く輩出するかによって分けるものがある。

その分け方で見ると、私の知り合いがいる家は武官系に偏っているのだ。

何故なら、魔物の討伐で騎士団や宮廷魔道師団等の武官の人達と顔を合わせることが多いから。

逆に、討伐以外は研究所に引き篭《こ》もっていることもあり、文官の知り合いは少ない。

立場を考えれば、偏りがあるのは問題なんだろう。

忖度《そんたく》するならば、これを機に偏りをなくせということかもしれない。

「なら、こちらの招待を受けたいと思います」

「中を見なくていいのか？」

「あ、そうでした」

うっかり、中を見ないまま返事をするところだった。

所長の指摘を受け、招待状の中身を確認する。

招待されたのは、昼のお茶会。

基本に則《のっと》ったものであるなら、参加者は女性だけだと思われる。

問題は送り主だ。

知っている人の家ではあるが、送り主は知人の家族である。

これがどういうことを指すのか。

考えてもこれだという理由が思いつかなかったので、すぐに考えることを諦《あきら》めた。

「何か注意することはないか？　ドレスコードとか」

「特にはないようです。普通の昼間のお茶会みたいですね」

「そうか。なら王宮側に出席する旨を伝えておこう」

「ありがとうございます」

お断りのときと同じく、王宮側で返事を出してくれるようだ。

返事の手紙一つをとっても、色々と決まり事があるので、その配慮はとても助かる。

所長の言葉に甘えて、後のことは全て王宮側にお任せした。


二週間後、招待されたお茶会へと足を運んだ。

本日のドレスは白地に小花柄の生地のものだ。

襟ぐりや袖口《そでぐち》には、白のフリルに水色のリボンが縫い付けられている。

帽子や手袋等の小物もドレスに合わせた色合いの物だ。

これらは全て王宮の侍女さん達が選んでくれた。

社交場のドレスコードについても講義で習ってはいるんだけど、侍女さん達に選んでもらった方が間違いがないので、お任せしてしまった。

嬉々《きき》として選んでくれたので、お任せして良かったんだと思う。

決してドレスを選ぶのが苦手だからサボった、なんていうことはない。

衣装の選択に頭を悩ますことはなかったけど、だからといって疲れないという訳ではない。

準備をするだけでも体力を使う。

今日も朝から王宮で格闘し、馬車に乗り込む頃《ころ》には既に精神力を使い果たしていた。

けれども、本番はこれから。

目的地に到着するまでに少しでも回復しようと、馬車の中ではグッタリとさせてもらった。

暫《しば》くして、王宮ではないけど離宮の一つだと言われても納得してしまいそうな御《お》屋敷の前に馬車は停《と》まった。

高さは三階建てだから、まだいい。

横がとにかく広い。

恐らく奥行きも。

これが文官の最大派閥を率いる家の御屋敷か。

一般的には、領地持ちの貴族の王都にある御屋敷は、領地にある物よりも小さいって聞いているけど、これより大きい御屋敷って一体どんな御屋敷よ。

そう思うほど、目の前の御屋敷は広大だった。

馬車の扉が開かれたのを見て、一呼吸置いてから外へと一歩踏み出す。

横から出されたエスコートの手に、手を添えて馬車を降りれば、玄関の前にずらりと並んだ人々の姿が見えた。

並んでいる人の人数は多く、その圧に思わず腰が引けそうになる。

左右に並ぶのはこの御屋敷の使用人さん達だろう。

そして、正面中央には金髪碧眼《へきがん》の華やかな迫力美女と、その美女によく似た美少女が待ち構えていた。

「ようこそお越しくださいました、【聖女】様」

中央の美女が挨拶《あいさつ》と共にカーテシーするのに合わせて、美少女、並びに使用人さん達も一斉にお辞儀をした。

ひくりと頬《ほお》に力が入ってしまったけど、何とか引き攣らないよう注意する。

そうして、マナーの講義で鍛えた淑女の笑みで、彼女等の挨拶に答えた。

「御尊顔を拝し奉り、恐悦至極に存じます。アンジェリカ・アシュレイでございます」

「セイ・タカナシです。本日はお招きいただき、ありがとうございます」

そう、今日お招きされたのは、リズの家でもあるアシュレイ侯爵邸だ。

お茶会の主催者は、リズのお母さんのアシュレイ侯爵夫人。

王妃不在のこの国で、【聖女】を除けば、最も位の高い女性の一人である。

そんな彼女から頭を下げたままの非常に丁寧な挨拶を貰《もら》うが、私の心は小市民。

アシュレイ侯爵夫人含め、これほど多くの人に頭を下げさせたままなのは、非常に心苦しい。

なので、挨拶の後すぐに頭を上げてもらうようお願いした。

「漸《ようや》く我が家にお招きできて、とても嬉《うれ》しいですわ」

「こちらこそ。今日はよろしくね」

使用人さんを含めた一同が顔を上げると、次に、私の性格をよく知る美少女が声を掛けてくれた。

その美少女――リズに私も笑みを返す。

そこで挨拶は終了となり、アシュレイ侯爵夫人の先導で屋敷の中へと招かれた。

一先《ひとま》ず第一関門は潜《くぐ》り抜けたと、ほっとしたのも束《つか》の間。

この後、会場にて参加者一同から再び挨拶を受けて固まることになるまでは、もう少し。

◆

アシュレイ侯爵夫人の先導で案内されたのは、一階の壁一面が窓となっている部屋だった。

白い壁には金色の装飾が施され、カーテンや家具の布地の黄色と相まって、とても華やかな雰囲気を醸し出している。

窓からは昼下がりの柔らかな日差しが入り、部屋の中はとても明るい。

窓の向こうには見事な庭園が広がり、色とりどりの花が咲き誇っていた。

庭の花に負けず劣らず、室内の華もまた色鮮やかだ。

柔らかいパステル調のドレスを身に纏《まと》った、私と同じくらいの年齢の御令嬢が数人、待ち構えていたのだ。

席は決まっているようで、御令嬢達は中央にある円卓を囲んで、椅子《いす》の前で立っていた。

部屋に足を踏み入れると、御令嬢達が一斉にカーテシーを行う。

一糸乱れぬ挨拶に、思わず感嘆の声を上げそうになった。

何とか堪《こら》えて、頭を上げるように伝えれば、これまた揃《そろ》って姿勢を戻す。

これ、前もって練習した訳じゃないよね？

そんなことある訳ないだろうと、自分で自分にツッコミを入れつつ、私も勧められた席へと着いた。

「セイ様、私のお友達をご紹介させてくださいませ」

「はい。ありがとうございます」

一同が席に着いた後、右隣に座ったアシュレイ侯爵夫人が御令嬢達を紹介してくれた。

右から順に反時計回りで紹介されるのかと思ったけど、それは間違いで、ちゃんと爵位の順で紹介された。

この辺りは貴族ならではね。

紹介されて分かったことだけど、御令嬢だというのも間違いだった。

皆様、既に結婚されているようで、爵位の後ろには夫人という称号が付いていた。

この世界の結婚適齢期は現代の日本よりも早いため、私と同年代の御婦人はほとんど既婚者なのかもしれない。

同じくらいの年齢に見えて、実は年上という可能性もなきにしもあらずだけど。

一通り紹介が終わると、侍女さん達が紅茶やお菓子をテーブルの上に並べてくれた。

焼き菓子が多く、どれも美味《おい》しそうで、つい目移りしてしまう。

御婦人達も同様で、皆口々に美味しそうだと言っていた。

侯爵家で出されるだけあって、珍しいお菓子もあるようだ。

有名な菓子店の物らしく、御婦人の一人が「これはどこそこのお菓子ではないか」と興奮したように話していた。

アシュレイ侯爵夫人が微笑《ほほえ》みながら頷いているので、当たっていたのだろう。

マナーの講義で聞いていたけど、やはり貴族の御婦人方は流行に敏感なようだ。

そうしてお菓子について盛り上がった後は、自然と会場を彩る食器や装花へと話題は移った。

お茶会では、会場のしつらえを褒めるのもマナーの一つ。

講義で習い、リズとのお茶会でも練習していたけど、他《ほか》の人が実践しているのを聞いていると、まだまだ練習が必要だなと実感する。

何ていうか、場慣れ感が違う。

貴族の御令嬢は成人前からお茶会に参加するらしいので、私とは場数が違うから仕方ないといえば仕方ないんだけどね。

「こちらに飾られている薔薇《ばら》は、あの薔薇ですわね！」

「お気付きの通りですわ。今日はタカナシ様がいらっしゃるので特別に」

「まぁ！！！」

アシュレイ侯爵夫人の言葉に、一斉に場が賑《にぎ》やかになる。

よく分かっていない私に、隣に座っていたリズがそっと教えてくれた。

本日飾られていたのは特別な薔薇で、門外不出の物らしい。

普段であれば侯爵や侯爵夫人の誕生日を祝うような、特別な夜会のときにしか飾られない物だそうだ。

巷《ちまた》では「アシュレイの薔薇」と呼ばれて、有名なのだとか。

なるほど。

飾られている濃い赤色の薔薇は、日本ではよく見掛けたけど、こちらに来てからは見掛けたことがない。

王宮でも飾られていた薔薇は、白色やピンク色の物ばかりだった。

ちなみに、薔薇はアシュレイ侯爵領の特産品の一つだ。

何代か前の侯爵夫人が非常に薔薇好きで、そのときに品種改良が盛んに行われたらしい。

そして多種多様な薔薇が栽培され、いつの間にか特産品になっていたのだとか。

そのためか、装花だけでなく、食器も薔薇が描かれている物が使われている。

「貴重な薔薇を拝見させていただき、ありがとうございます」

「セイ様に喜んでいただけたのなら、何よりですわ」

知らなかったこともあり、最初は周りの反応に付いて行けなかったけど、それほど貴重な物を見せてもらえたのならお礼は言うべきだろう。

笑顔でお礼を伝えると、アシュレイ侯爵夫人もにっこりと微笑んでくれた。

薔薇がアシュレイ侯爵領の特産品だったからだろうか。

そこからは各々の領地の特産品の話になった。

同じ酪農の盛んな地方でも、地方によって出来上がる物が異なるのは、元の世界と同じらしい。

一口にチーズと言っても、色々な種類があった。

話を聞いていると、話題に上るのは食材が多いような気がする。

討伐で地方に行ったときも、地元の特産品といえば食材を教えられることが多かった。

もしかして、私が王宮で色々な料理を作っていることが知れ渡っているからだろうか?

【聖女】が話に参加しやすいよう、気を遣ってそういう話題を選んでくれていたのかもしれない。

そうして盛り上がる中、特に興味が引かれたのはバルヒェット侯爵夫人の領地の特産品だった。

アシュレイ侯爵夫人の右隣に座っている御婦人だ。

元の世界にはない髪色で、強いて言うならペールグリーンブロンドと言えばいいのだろうか？　薄緑色の光沢のある髪色に、瞳《ひとみ》は水色で、実は妖精《ようせい》だと言われても頷《うなず》いてしまうような可憐《かれん》な容姿をした人だ。

「バルヒェット様の領地ではサフランを栽培されているのですか？　香辛料の？」

「申し訳ありません。香辛料ではなく、薬草ですの」

サフランといえば、香辛料として馴染《なじ》み深い。

だから、そう訊《たず》ねたのだけど否定される。

薬草、薬草ね……。

元の世界でも、サフランは薬として使われていたこともあったはず。

言葉通り、申し訳なさそうな表情をするバルヒェット侯爵夫人に、更に色々と訊ねてみると、やはり私が思うサフランと同じ物のようだった。

それを伝えると、バルヒェット侯爵夫人の顔がパッと明るくなる。

「香辛料ということは、お料理に使えるのでしょうか？」

「はい。故郷では米料理によく使われていましたね。それからスープにも」

「米料理というと、先日までいらしたザイデラの？」

「そうです。よくご存《ぞん》じですね」

バルヒェット侯爵夫人の問い掛けに答えていると、話を聞いていた他の御婦人が「米料理」という単語に反応した。

研究所の食堂では提供しているけど、他の所で食べられるという話を聞いたことはない。

ザイデラとの取引が始まったのもここ数年のことだから、知っている人はあまりいないと思っていたのだけど。

一体、どこで知ったのかしら？

もしかして外交にでも携わっているお家《うち》の方だろうか？

何にせよ、耳早いことだと感心すると、向こうから知っている理由を教えてくれた。

ご兄弟が宮廷魔道師団にいるそうだ。

あー、なるほど。

理解した。

あそこのトップが米料理に取り憑《つ》かれているのは、宮廷魔道師団内では有名だ。

「師団長のドレヴェス様は、セイ様のいらっしゃる薬用植物研究所で米料理を知ったとか」

「薬用植物研究所の食堂では、セイ様が考案した料理を食べられると伺いましたわ」

「いえ、私が考案したという訳ではなくて、元々故郷で食べられていた料理をお出ししてるんです」

「そうでしたのね！」

「米料理以外にも色々と新しい料理があるのでしょう？」

「研究員の皆様はいつも食べられるのですか？　羨《うらや》ましいですわ」

み、皆さん情報通でいらっしゃる。

お茶会は情報戦の戦場だって習ったけど、本当なのね。

心の中で呆気《あっけ》にとられているうちに、周りは料理の話で盛り上がっていった。

◆

周りの様子を眺めていると、アシュレイ侯爵夫人が話し掛けてきた。

「セイ様はお茶会は開かれませんの？」

「え？　お茶会ですか？」

「セイが開くお茶会なら珍しい料理が並びそうですわね」

唐突な話題転換に、どうしたのかと戸惑っていると、アシュレイ侯爵夫人の言葉を補足するようにリズが話に加わった。

それでピンと来た。

リズが言う通り、もし私がお茶会を開くなら、日本で食べていたお菓子や食事を用意するだろう。

ということは、お茶会に招待された人達は、研究所の食堂で提供されているような料理を食べられるということだ。

アシュレイ侯爵夫人がお茶会開催について訊《き》いてきたのは、ここにいる御婦人達にも食堂の料理を食べる機会を与えたいからかもしれない。

言葉の裏に隠されている意図を考えると、そう思えた。

「料理？　でも、リズは食べたことがある物ばかりになるんじゃないかな？」

「そんなことはありませんわ。噂《うわさ》に聞く料理は食べたことがない物ばかりですもの」

「噂に聞く料理？　お菓子ではなくて？」

「ええ。薬用植物研究所の食堂で食べられると聞いている料理は、食べたことがない物ばかりですわ」


リズとのお茶会で、レシピを提供したお菓子を出してもらったことはある。

お菓子以外で出してもらったことがある物となると、サンドイッチくらいだ。

お茶会というと元の世界でいうアフタヌーンティーのイメージがあるのよね。

だから、お茶会で出そうな他《ほか》の料理といえば、キッシュくらいしか思い浮かばない。

けれども、リズが食べたいのは食堂で出されるような料理のようだ。

それだと、お茶会よりは晩餐《ばんさん》会を開いた方が良いような気がする。

ただ、晩餐会となると今度はリズの参加が難しい。

リズは未成年のため、夜の社交には出られないからね。

身内だけの集まりであれば大丈夫なのかもしれないけど、今話しているのはそういう会ではない。

どうせ開くなら、リズも参加できる会の方がいい。

「セイ様、いかがされました？」

「ごめんなさい。ちょっと考え事を」

「何を考えていらしたのですか？」

「開くなら、どういった会がいいかなと。食事が中心で、昼間に開けるものが良さそうなんですよね」

悩んでいるとアシュレイ侯爵夫人がどうしたのかと訊《たず》ねてきたので、考えていたことを伝えた。

開催に前向きな発言だったからか、途端に御婦人達が色めき立つ。

せっかくなので、考えを纏《まと》めるついでに、御婦人達の要望を訊いてみた。

昼間に開催するというのは、御婦人達にとっては問題ないようだ。

ただ、スランタニア王国での昼間の社交は女性が中心のものが多いため、男性は参加し難《にく》いかもという意見が出た。

もし男性にも参加して欲しいのであれば、少し考える必要があるみたいだ。

また、食事を中心にという話も歓迎はされたけど、工夫が必要になりそうだ。

話を聞いて皆が想像したのは晩餐会だったらしく、どの料理が食べられるかと盛り上がった。

そして、口々に色々な料理名が挙げられたのだけど、洋食に中華に和食と統一性がない。

晩餐会のようにコース仕立てにするのであれば、種類を統一させる必要があるだろう。

一品の量もそれなりにあるため、出せるのも二、三種類が限度だ。

とてもではないけど、ここにいる御婦人達の希望全《すべ》てに応《こた》えることはできない。

でも、頻繁にパーティーを開くのは難しいので、可能な限り要望は叶《かな》えたいのよね。

一皿の量を減らして、種類を増やそうかしら？

んー、それも限度があるわよね。

だったら……、ビュッフェ？

うん、ビュッフェ形式にするのは良いかもしれない。

ビュッフェ形式であれば、自分で食べる量を調整できるし、多くの種類の料理が提供できる。

好きな物を選べるので、参加者の好き嫌いを考慮する必要もない。

それに、この国のパーティーでも採用されている形式だから、参加者も慣れているだろうし、良い考えじゃないかな。

「何かいい案が浮かびましたの？」

「うん、ビュッフェ形式で食事を提供するパーティーはどうかなと思って。色々な種類が出せるし、自分で好きな量を取れるでしょ？」

「それは、いい案ですわ。でも、社交が中心になってしまって、料理は二の次になりそうですわね」

考えが纏まったところを見計らったかのように、リズが声を掛けてきた。

ビュッフェ形式にするという案は良かったようだ。

けれども、参加者が慣れている形式故の問題もあるようだ。

この国でビュッフェ形式の食事が提供されるのは主に舞踏会のときである。

舞踏会の会場とは別に、休憩室が設けられ、そこで軽く摘《つ》まめる物が提供されるのだ。

そして、リズが言う通り、この国の舞踏会では参加者が料理を口にすることはほとんどない。

舞踏会は社交の場だからというのが、その理由だ。

食事よりも仕事を優先させましょう、ということなのかもしれない。

「なら、始めから料理が中心のパーティーだって言っておくのはどう？」

「【聖女】様の料理を楽しむ会とでも銘打つといいかもしれませんわね」

「後は、そうねぇ……」

予《あらかじ》め料理が中心だと参加者に伝えておくのは良さそうだ。

リズが言うように、会の名前にそれっぽいものを付けておくのは良い手だと思う。

しかし、リズの表情がもう一押し欲しいと訴えかけていた。

ならば、いっそ料理を食べることを仕事にしてしまえばいいかしら？

パーティーは顔繋《かおつな》ぎや情報収集、情報拡散の場でもある。

料理を食べることがそれらに結び付くのであれば、皆食べることを中心にしてくれそうだ。

そこまで考えて、ふと先程まで御婦人達と話していたことが思い浮かんだ。

頭に浮かんだのは特産品の話だ。

料理に特産品を使ってみるのはどうだろうか？

あまり人に知られていない特産品であれば、いい宣伝になるし、知られている特産品でも新たな使い道を提案できるかもしれない。

そう、例えば、少し前に話していたサフランのように。

サフランも薬草としては認知されているけど、香辛料としては認知されていないみたいだしね。

「各地の特産品を使った料理を披露するなら、どうかしら？　特産品の宣伝にもなるし」

これなら、参加者も料理に集中してくれるんじゃないかな？　と続けようとして、言葉を飲み込んだ。

リズがどう思うかを知りたくて口にした言葉だったけど、リズの反応を見るまでもなく、周りの反応で察した。

いい案のようだ。

だって、周りに座っている御婦人方が途端に賑《にぎ》やかになったからね。

「特産品を使ったセイ様の料理ですか？　私《わたくし》も食べてみたいですわ！」

「もしかして、食堂の料理にも特産品が使われていたりしますの？」

「豚肉を使った料理はいかがでしょうか？　私の領地で育てている豚の肉はとても美味《おい》しいと評判でしてよ」

「まぁ！　イェルザレム様、抜け駆けはよろしくありませんわ。それなら、我が家のチーズも……」


特産品の売り込みがすごい。

一人が口火を切ると、次々に自分の領地の特産品が使えるかと御婦人達は問い掛けてきた。

思い返せば、各地に討伐に行った際も、このお茶会でも、紹介される特産品は食材ばかりだった。

今にして思えば、あれは私へのプレゼンテーションだったのかもしれない。

御婦人達への回答が間に合わず、まごついていると見かねたアシュレイ侯爵夫人が場を静めてくれた。

たった一言、「皆様、落ち着いて」と言っただけだったんだけどね。

語り口は静かなのに、声がよく通ったからか、あっという間に御婦人達は落ち着いたのだ。

あれこそまさに、鶴の一声だったわね。

そこからはまた、取り留めもなく王都で流行《はや》っているものへと話題が移った。

そして楽しい時間は過ぎるのがあっという間で、気付けばお開きの時間となっていた。

第三幕　フードフェスティバル

アシュレイ侯爵夫人のお茶会から一週間後。

私がパーティーを主催することが決定していた。

何を言っているのかよく分からないと言われるかもしれないが、私自身どうしてこうなったのかよく分かっていない。

と言いたいところだけど、実際にはちゃんと分かっている。

というのも、国王陛下と宰相様に呼ばれて説明を受けたからね。

もちろん、発端となったのはアシュレイ侯爵夫人だ。

お茶会が終わった後、アシュレイ侯爵夫人は夫であるアシュレイ侯爵にお茶会の様子を話したらしい。

そこで、意外にも私がパーティーの開催について前向きな意見を述べていたと聞いたアシュレイ侯爵は早速、陛下に【聖女】主催のパーティーを開催してもらえるよう掛け合ったそうだ。

出来る男は仕事が速いわね。

あまりの速さに、ちょっと驚いた。

そうして、アシュレイ侯爵からの要請を受けた陛下と宰相様は、この申し出を利用することにした。

【聖女】様とお近付きになる機会が中々与えられず、欲求不満を溜《た》め込んでいる貴族達に、機会を提供して、不満を解消させることにしたのだ。

元より、王宮には【聖女】様とお近付きになりたい貴族達からの【聖女】様宛《あて》の招待状が殺到していた。

それらの招待に応じるよりも、こちらのパーティーに参加して貰《もら》う方が、私の負担が少ないだろうという判断もあったそうだ。

そうね。

こちらのパーティーに参加して貰うのであれば、相手のパーティーに参加する回数よりも少ない回数で済みそうだもの。

例えば、舞踏会に招待されて参加したとして、壁の花でいられるなら、それほど負担はないだろう。

けれども、そうは問屋が卸さない。

私の前には【聖女】と顔を繋ぐために挨拶《あいさつ》をしにくる人や、ダンスを申し込む人の列が出来るはずだ。

しかも、パーティーの間中、列は続く。

想像するだけで疲れること、この上ない。

そんな訳で、招待に応じるか、それとも主催するかを天秤《てんびん》に掛ければ、どちらに軍配を上げるかは考えるまでもなかった。

何より、アシュレイ侯爵夫人のお茶会で、どういうパーティーを開こうかと考えていたのはちょっと楽しかった。

準備は大変そうだけど、やり甲斐《がい》はある。

だから、陛下と宰相様からのパーティーを開催しないかという提案に頷《うなず》いた。

ありがたいことに、二人は提案するだけでなく、全面的に協力もしてくれた。

会場も人手も料理の材料も、物理的なことは全て王宮側が提供してくれることになったのだ。

会場は王宮の広間や庭を使ってもいいし、人手については王宮で働く料理人さんや侍女さん達等、使用人さん達の手が借りられる。

料理の材料も必要な物を文官さんに伝えれば用意してくれるらしい。

私がすることといえば、内容を考えるくらいだ。

それも文官さん達と相談しながらできるのだから、予想していたよりも随分と負担は軽くなった。

その代わりに、パーティーの規模は少し大きくなった。

当初想定していた規模では小さ過ぎたらしい。

それでは参加希望者の半分も収容できないので、後日もう一度パーティーを開く必要が出てきますねとは、文官さんの談だ。

立て続けに何度もパーティーを開きたくはなかったので、文官さんの意見を聞きながら、一度で済む規模で開くことにした。

そうして準備に奔走すること、一ヶ月半。

パーティーの日がやって来た。

主催者の私は、前日から王宮に泊まり込んだ。

パーティーはお昼前から始まるため、夜明け前から準備を開始した。

この場合の準備とは、身支度である。

身支度のほとんどはいつもの侍女さんが行ってくれるので、私が半分寝ていたとしても問題ない。

けれども、侍女さん達はそういう訳にはいかない。

私よりも早く起き、自身の身支度と、私の身支度のための準備をしてくれた。

本当に頭が下がる思いで一杯だ。

会場の準備の方も、朝早くから多くの人が動いてくれた。

今回は、いつも王宮で開かれるパーティーとは少々趣が異なるため、慣れないこともあったと思う。

それでも、当日の準備では大きな問題が起こることなく、設営は終わった。

これも今日まで細かく関係各所と打ち合わせを行い、色々と奔走してくれた人達のお陰だ。

「設営の方は問題なさそうですね」

「はい。料理もほぼ並べ終わっているようです」

「そのようですね。いい匂《にお》いがします」

パーティーが開始される少し前、身支度を終えた私は最終確認のために会場に来ていた。

共にいるのは第二王子のレイン殿下だ。

レイン殿下は【聖女】関連事項の統括として、今日のパーティーの準備に奔走してくれた人の一人だ。

最初は主催者である私の補佐をすると言っていたけど、その実、ほとんど中心となって人員を動かしてくれた。

私が要望を伝えると、レイン殿下や側近の人達が適切な部署に適切な指示を伝えてくれ、現場が動いてくれるという感じだった。

レイン殿下達が間に入ってくれたからこそ、比較的順調に、パーティーの準備が整ったんだと思う。

そういう訳で、このパーティーの中心人物だと思っているのだけど、レイン殿下はというと、あくまで補佐だという立場を崩さなかった。

一番大変そうなところを担ってくれていたので申し訳なく思っていたのだけど、それを伝えても「これも将来の勉強になりますから」とにこやかに微笑《ほほえ》み、謝罪は受け取ってくれなかったのだ。

まだ十五歳だというのが信じられないくらい、よくできた人だと思う。

リズもだけど、レイン殿下も年齢よりかなり大人びている。

これも子供の頃《ころ》からの教育の賜物《たまもの》なのだろうか。

レイン殿下が活躍してくれるのは準備だけではない。

今日のエスコート役も務めてくれる。

だからか、隣に立つレイン殿下も煌《きら》びやかな衣装を着ていた。

もっとも、これでも昼のパーティー用と言うことで夜用の衣装よりも装飾は抑えられているらしい。

「こういう形式のパーティーは初めてなので、何だか落ち着きませんね」

「不安、ですか？　新しい試みばかりですし」

「不安もありますが、楽しみでもあります。これがニホンのパーティーなんですね」

「えっと、厳密には違いますね。どちらかというとフードフェスティバル、お祭に近いです」

「祭というと、収穫祭のようなものでしょうか？」

「そんな感じです。こちらの方が食事を楽しむ面が強いですけど」

どこかワクワクしているような表情で会場を見回すレイン殿下に、今日のパーティーのコンセプトを改めて説明する。

レイン殿下に話したように、今回のパーティーは日本のものを元にしている。

主に参考にしたのは、屋外で行われるフードフェスティバルだ。

会場となるのは、王宮の庭の一角で、普段は何もない開けた場所だ。

中央にテーブルや椅子《いす》、日除《ひよ》けのパラソルを配置し、その周りを囲むように何棟ものテントが建てられている。

テントと言っても、アウトドアのタープのような物だ。

白い布を天井にして、丸太の支柱で支えただけで壁はない。

今日は天気もいいので、芝生の緑にテントやパラソルの白が映えて、とても綺麗《きれい》だ。

それらのテントには、各々調理場と配膳《はいぜん》用のテーブルが設けられ、ここで調理の仕上げが行われる。

素材を切ったり何だりの下拵《したごしら》えが行われるのは、今まで通り王宮の厨房《ちゅうぼう》でだ。

このような形式にしたのは、普段料理をしているところを見ない貴族の人達には、料理をしている様子を眺めるのもいい娯楽になるかなと思ったからである。

そして、パーティーの参加者自身に料理をテントまで取りにいってもらうようにした。

けれども、この形式を採用するにあたっては少し揉《も》めた。

安全面に不安があるというのが揉めた理由だ。

大きな声では言えないけど、貴族ならではのあれやこれやがあるらしい。

最終的に安全の確保が絶対に必要な人達、例えば陛下や宰相様のような人達については、特別な席を設けることになった。

陛下達は中央のテーブルではなく、別の区画で食事を取って貰うことになったのだ。

所謂《いわゆる》、ＶＩＰ席ね。

そちらは料理が置いてある場所と同じようにテントが設営され、侍従さんが待機する。

食べたい料理を伝えれば、侍従さん達が持ってきてくれるという訳だ。

また、毒味役も置かれる。

更に、もしものときのために解毒等の状態異常を回復する魔法を使える宮廷魔道師が会場には常駐している。

ちなみに、私もその人員の一人だ。

「会場は問題なさそうですし、そろそろ入り口に向かいましょうか」

「はい」

会場を一周した後、レイン殿下に入り口に移動するよう促された。

これから招待客を迎え、来てくれたお礼を述べるという一大作業があるのだ。

そして、私にとっては、この挨拶が今日のメインだった。

王族主催のパーティーでは、主催者は最後に登場するのが習わしだ。

しかし、今回は一般貴族のパーティーと同様に、主催者が入り口で挨拶をする形式にした。

挨拶の後は、銘々で好きに料理を楽しんでもらう予定だ。

この形式を採用したのは、料理を中心に楽しんで貰うためだ。

後から登場すると、皆料理そっちのけで私がいる所に集まっちゃいそうだからね。

それに、招待客の三分の二は面識のない人、つまり普段【聖女】様に会う機会が中々ない人達だったりする。

恐らく、今日は【聖女】様に会えるからと気合を入れてやって来るはずだ。

その中でも、今後会う機会が得られなそうな人達は、ここぞとばかりに話そうとするだろう。

要は、挨拶の際の話が長くなることが予想された。

入り口で挨拶するのは、これを牽制《けんせい》するためでもあった。

ほら、後ろがつかえていると、早く終わらせないとって心理的に圧力がかかるでしょ?

それに、後ろが詰まっているのを理由に、こちらから話を切り上げやすいってのもあるしね。

さて、これからの挨拶ラッシュのことを考えると少し気が滅入るけど、頑張りますか。

心の中で一度気合を入れて、レイン殿下と共に入り口へと向かった。

◆

開場の時間が来ると、次々と招待客が入場してきた。

招待客達は入り口で待ち構えている私とレイン殿下の姿を見付けると、皆人好きのする笑みを浮かべてこちらへとやって来た。

対する私も、日頃講義で習っていることを思い返しながら、彼等《かれら》へと笑顔で挨拶を返す。

今日の招待客は王宮側に選出してもらったため、初対面の人が多い。

王宮側に選出を依頼した理由は、私がまだ不慣れだからだ。

パーティーを開催した理由の一つは、普段【聖女】に会えない人に会う機会を与えることだ。

けれども、希望者の中から闇雲《やみくも》に選ぶ訳にはいかない。

政治的な配慮やバランスを考える必要がある。

講義で多少習っているとはいえ、今の私にはそれらの全《すべ》てを勘案して、大勢の招待客を選ぶのは難しかった。

そして、今回のパーティーは講義の延長にある、練習用のパーティーではない。

所謂ぶっつけ本番では、失敗したときの痛手が大きい。

故に、できないことは、できる人にお願いした方がいいと判断し、王宮側にお願いしたという訳だ。

とはいえ、多少は知り合いも来る。

最初に来た知り合いはアシュレイ侯爵一家だ。

先日お会いした侯爵夫人とリズに加えて、侯爵御本人と、リズのお兄さんであるアシュレイ子爵と夫人がいらっしゃった。

リズが美少女なことから予想はしていたけど、一家揃って美形揃《ぞろ》いだった。

後光が射《さ》しているように見えたのは、気のせいではないかもしれない。

友人の家族とはいえ、リズと侯爵夫人以外は初めてお会いした方ばかりだったので、最初は少し緊張した。

けれども、その緊張はすぐに解《ほぐ》れた。

アシュレイ侯爵の心遣いのお陰だ。

こちらの緊張を見て取ったのか、【聖女】にというよりは、子供の友人に対するように接してくださったのだ。

そうした配慮は、少しありがたかった。

その後は知らない人が少し続いたけど、聞いたことがある名前の人も、ちらほらいた。

例えば、ドレヴェスとか、アイブリンガーとか。

前者は師団長様の、後者は第二騎士団の団長様の家名だ。

お行儀は悪いけど、覚えのある名前を聞いて、ついマジマジと相手を見詰めてしまったわ。

双方共に、参加したのは御家族だ。

団長様と同じ家名の人はまだ何となく団長様と似ていたけど、師団長様の方は全く似ていなかったわね。

そして、知人の家族といえば、もう一家族。

「本日はお招きいただき、ありがとうございます」

「ようこそ、お越しくださいました。ホーク様」

日の光を柔らかに反射する金色の髪と、ブルーグレーの瞳《ひとみ》を持つその人の名は、ヨーゼフ・ホーク。

この国の軍務大臣にして、団長さんのお兄さんだ。

団長さんと同じような髪色をしているけど、お兄さんの方が少し色が濃いような気がする。

何気に初対面ではない。

一度だけ、挨拶《あいさつ》をしたことがあるのよね。

それに加えて、私が堅苦しいのが苦手なことも知っているのか、今日は簡単な挨拶で済ませてくれた。

一緒に来られた夫人の方は初対面だったので、こちらは丁寧に挨拶をする。

暁《あかつき》鼠色《ねず》というのか、少し薄紫がかった灰色の髪に、灰色の瞳をした、儚《はかな》げな印象の美人だ。

「今日のパーティーはセイ様の故郷のものを模したものだとか?」

「はい。料理を楽しむものになります」

「会場の料理も全てセイ様が考案なさったものだそうですね。噂《うわさ》に聞くセイ様の料理を食べることができると伺って、とても楽しみに参りました」

「私《わたくし》もです。このような機会を設けてくださり、ありがとうございます」

お兄さん達は夫妻揃って今日のパーティーへの期待を口にした。

パーティーの趣旨については、予《あらかじ》め招待状にも記載してある。

だから、このパーティーがフードフェスティバルを模したもので、提供される料理は元の世界の物を再現した物だということを、招待客は知っていた。

それがどうねじ曲がったのか、私が考案したことになっているのは解せぬ。

「料理は私が考案した物ではなくて、故郷で食べられていた物を再現しただけなんです。皆様のお口に合うといいのですが」

「そうでしたか。ですが、こちらでは新しい料理なのは変わりありません。今日の話をしたら、弟達は悔しがりそうです」

「今日はお二人ともいらっしゃらないそうですね」

「申し訳ありません。あれら二人は、元々こういう場にはあまり出てこない質《たち》で」

「いえいえ！　お仕事だと伺っておりますから」

お兄さんの口から出た「弟達」という単語に、思わず苦笑いを浮かべる。

お兄さんが言う通り、弟達ことインテリ眼鏡様と団長さんは今日のパーティーには不参加だ。

インテリ眼鏡様はいつも通り、宮廷魔道師団の隊舎でお仕事で、団長さんは第三騎士団と共に少し遠方に討伐に出ているからだ。

ついでに言うと、師団長様も不参加だ。

こちらも第三騎士団とは別の所に討伐に出掛けているらしい。

インテリ眼鏡様は分からないけど、確かに、他の二人は後で悔しがりそうだ。

パーティーとは別に、今日出した料理を改めて振る舞う機会を設けようかな？

そんなことを考えていると、お兄さんが内緒話をするように、私の耳元に口を寄せた。

え、何⁉

急に近付かれたことに驚いて、心臓が跳ねた。

「もしよろしければ、今度我が家にもお越しください。弟達も呼んでおきますので」

「ホーク卿《きょう》」

お兄さんは声を潜めて話したのだけど、隣に立っていたレイン殿下には聞こえたらしい。

目を丸くした私の横で、レイン殿下はお兄さんの行動を咎《とが》めるように名を呼んだ。

これは仕方がない。

こういう場で、一人が抜け駆けして【聖女】様を直接お誘いしてしまうと、他にもそういう人が出てくるからね。

もっとも、お兄さんの前にもそういう人はいたからか、レイン殿下もそれほど問題視はしていなそうだった。

他《ほか》の人達のときと同じように、やんわりと窘《たしな》めただけだ。

むしろ他の人よりかは大目に見ている方だろう。

だって、今までの人達に向ける視線よりもお兄さんに向けるものは柔らかかった。

他の人達のように堂々と胸を張って誘わなかったからかな？

いや、それよりも、もっと気になることがある。

我が家にもお越しくださいって、お兄さんの家、つまりホーク辺境伯家の王都にある別邸に行って、料理を振る舞ってくださいってことなのかしら？

その前に話していたのは料理の話だから、悔しがるのは、今日の料理を食べられないことに対してよね？

それとも、他に何かあるの？

悶々《もんもん》と悩んでいる間に、お兄さんはスルリと側《そば》を離れて、笑顔で辞去の挨拶をした。

ちょっと待って。

意味深な言葉を残して行かないで。

そんな思いも空《むな》しく、お兄さん達は何事もなかったかのように会場へと行ってしまった。

お兄さんが去った後は、再び、次々と訪れる人達への挨拶で忙殺された。

暫《しばら》くして人の波が切れたところで、側近の人がレイン殿下の耳元に何かを囁《ささや》きかけた。

どうやら参加者のほとんどが入場し終わったようだ。

「そろそろ我々も会場に移動しましょうか」

「はい」

レイン殿下に移動を促されたので、頷《うなず》いて、会場へと足を向けた。

◆

会場に入り、まず向かうのは会場の最奥に作られた演壇だ。

主催者だから、開会の挨拶をしないといけないのよね。

主催者の挨拶なんてなくしてしまいたかったけど、区切りだということでなくせなかった。とても残念だ。

一段高く作られた場所に上がると、こちらへと視線が集中するのを感じる。

こうやって人前で注目を浴びながら話すのは、本当に苦手だ。

表情は固まるし、心臓は口から飛び出そうになっている。

早く終わらせて、人目につかない場所に行きたい。

予め考えた挨拶文を思い出しながら、そう思った。

何とか挨拶を終えると、招待客達は待ちきれないとばかりに、お目当てのテントへと向かう。

狙《ねら》い通りだ。

招待状にも書いたけど、今日のパーティーの中心は料理。

私との顔合わせは入り口で終わっているのだから、こちらのことは気にせず、是非とも料理を堪《たん》能《のう》していただきたい。

そうは思っても、私へと向かってくる人は何人かいるようだ。

うーん、捕まりたくはないわね。

開会の挨拶という一仕事を終えた後で、私の精神力は〇《ゼロ》だ。

とてもではないけど、一度挨拶をしただけの、ほぼ見知らぬ人のおべんちゃらを聞く余裕が今はない。

彼等のことは見なかったことにしよう、そうしよう。

そんな訳で、レイン殿下を促して、国王陛下と宰相様がいるテントに向かった。

お偉いさん用のテントは、演壇にほど近い、会場の一番奥に設《しつら》えられていた。

入り口には騎士さん達が控え、許可のない人は立ち入れないようになっている。

安全のために設けられた場所だけど、面倒な貴族からのいい避難場所でもあった。

こちらのテントは料理が置かれているテントとは異なり、入り口以外の三方は横幕で閉ざされている。

テントの中には、屋外だというのに絨毯《じゅうたん》が敷かれ、その上に折り畳みができる大きなテーブルと、同様の肘掛《ひじか》け椅子《いす》が置かれていた。

隅には水差し等が置かれた小さなテーブルもある。

また、中にいるのはお偉いさんだけではない。

護衛の騎士さんと宮廷魔道師さん、更に従僕さんと侍女さんも控えていたりする。

「ご苦労様」

「料理もすぐに来るでしょう。それまでゆっくりしていてください」

「ありがとうございます」

テントの中では、既に陛下と宰相様が寛いでいた。

疲れた顔をしていたのだろう。

中に入ってきた私の顔を見た陛下が、苦笑いを浮かべながら労《ねぎら》ってくれた。

陛下の隣に座っていた宰相様も同じような表情を浮かべている。

それにお礼を返しながら、従僕さんが引いてくれた椅子へとぐったりと腰掛けた。

侍女さんが用意してくれた紅茶に口を付けて、束《つか》の間寛《くつろ》いでいると、新たなお偉いさんがやって来た。

従僕さんの取り次ぎでやって来たのは、先程もお会いしたアシュレイ侯爵だった。

侯爵様お一人でいらしたようで、他の方々は見受けられない。

その代わりという訳ではないだろうけど、侯爵様の後ろには銀のトレイを持った、別の従僕さんが続いていた。

一瞬、どうしたのかと疑問に思ったけど、トレイの上に載っている物を見て納得した。

「国王陛下におかれましては、御機嫌麗しく存じます」

「あぁ、堅苦しい挨拶はいい。どうした？」

「こちらを陛下に献上いたしたく、参りました」

「それはワインか？」

「いいえ。我が領の特産品である薔薇《ばら》を使ったジュースでございます」

侯爵様はトレイの上に載っていた瓶を手に取り、陛下へと差し出す。

同じ瓶に詰められているため、陛下はワインだと思ったようだ。

ただ、侯爵様が態々《わざわざ》持ってきたことから、少し疑問に思ったらしい。

陛下の問い掛けに対して侯爵様が回答すると、意外だったのか「ほう」と感心したような声を上げた。

「よろしければ、お食事と一緒にいかがかと思い、お持ちいたしました」

「そうか。ならば、折角だから、こちらで乾杯しようか」

「酒ではありませんが、よろしいので？」

「構わない。これもセイ殿が作られたのだろう？」

「あ、はい」

「本来、乾杯は酒で行う物だが、セイ殿が作った物であれば、そちらの方が相応《ふさわ》しいだろう」

陛下からの問い掛けに頷《うなず》くと、ジュースは侯爵様から従僕さんへと手渡された。

やっぱり、薔薇のジュースではなくてリキュールを作った方が良かったかしら？

でも、リキュールは漬ける時間が必要で、パーティーには間に合わなかったのよね。

まぁ、陛下がジュースでもいいって言ってるから問題はないか。

少しすると、従僕さんがジュースの入ったグラスを配膳《はいぜん》してくれた。

ワインとは異なる色合い、元の薔薇の色がグラスに透けて、とても綺麗《きれい》だ。

皆も口々に色合いを褒めるから、侯爵様も満更でもなさそう。

陛下の音頭で乾杯をした後、ジュースを口にすると、今度は香りについて感嘆の声が上がった。

「香りが素晴らしいですね」

「そうだな。これは女性に人気が出そうだ」

「ええ。事前に家族で試しましたが、妻と娘が殊の外、気に入っていましたね」

「飲み物一つで、この出来か。この後の料理も期待が高まるな」

「恐れ入ります」

陛下がこちらを見ながら、料理への期待を口にしたので、そっと頭を下げた。

今日のパーティーの内容は、アシュレイ侯爵夫人のお茶会で話していたことを基に企画した。

料理は御婦人方が食べたがっていた、元の世界で食べられていた物ばかりで、王国各地の特産品が使われている。

料理の中には飲み物も含まれていて、侯爵様が献上した薔薇のジュースも、その一つだ。

どの領地の特産品を使って、どういう料理を作るかは、全てレイン殿下と話し合って決めた。

レイン殿下との話し合いで決まったことは、陛下や宰相様、文官さん等の関係者とも共有した。

陛下がどこまで確認していたかは分からない。

けれども、ジュースが特産品で作られていると聞いて、すぐにパーティーの料理と結び付いたんだろう。

それで、作り方を提供したのが私だと考えたんだと思う。

このタイミングで侯爵様が陛下へと献上したことも、その考えを後押ししたんじゃないかな。

ちなみに、レイン殿下と話し合うことになった理由は、招待客の選定のときと同じだ。

政治的なバランスに配慮してってやつだ。

しかも、招待客のときよりも気を使う必要があった。

この国の常識でいうと、自領の特産品が【聖女】様に選ばれたというだけでも名誉なことらしい。

その上、その特産品を使った料理の評判が良ければ、この後非常に高い売れ行きが見込める。

名誉と金銭が絡むのだから、選ばれたい人達は多いってことね。

だからこそ、政治的なバランスを考えなければいけないんだとか。

うん、面倒《めんど》い！

「こちらは市販の御予定はあるのでしょうか？」

「はい。ただ、私の商会ではなく、別の商会にお任せしようかと思っています」

「おや、そうなのですか？」

「うちの商会は化粧品を取り扱うので精一杯で……」

「ははは……、なるほど。セイ様の化粧品は大人気ですから、仕方ありませんな」

宰相様にお伝えした通り、薔薇のジュースの製作販売は侯爵様お抱えの商会にお任せすることになっている。

今日のパーティーで供している物で、ジュースのように個別に販売できる物についても同様だ。

無論、タダではない。

各領主様が推薦する商会と、作った数や期間等に応じて使用料を貰《もら》う、元の世界でいうライセンス契約はきちんと結んである。

また、個別に販売できない料理については、希望があればパーティーの後に同じような契約を結び、指定されたレストランでのみ提供を許可する予定だ。

この案もレイン殿下が考えてくれた。

最初はうちの商会で取り扱う方向で話が進んでいた。

けれども、化粧品に加えて食品まで取り扱うとなると、ちょっと商会の規模的に難しかったのよね。

それをレイン殿下に相談したら、こういうのはどうですかって提案してくれたのだ。

「セイ様のお陰で、我が領もまた潤います。ありがたいことです」

「いえ。こちらこそ色々と協力していただき、ありがとうございます」

「その口振りでは、製造はアシュレイ侯爵の所で行うのかな？」

「ええ。セイ様の御提案で、そうすることになりました」

「あ、いえ、案を考えてくれたのはレイン殿下なのです」

「そうでしたか。となると、もしや他《ほか》の領も？」

「はい。希望した方と契約を結んで、製造販売は各御領主様にお任せしています」

そんな風に話をしていると、会場で提供されている料理が運び込まれてきた。

見た目を楽しむためか、料理は大皿に盛られた状態でテーブルの上に並べられた。

食べたい物を侍女さんに伝えて、取り分けてもらう形式のようね。

運ばれてきた料理は研究所の食堂でも提供していない物ばかりで、陛下達は期待した表情で料理を見ていた。

食べる前から、この料理にはどこの特産品が使われているか等と話が盛り上がったくらいだ。

それでも、テーブルの上に料理が揃《そろ》うとほぼ同時に、陛下から「食べようか」と声が掛かった。

余程楽しみにしていたらしい。

陛下達の期待には応《こた》えられたようだ。

食べ始めてからは、味や香りについても盛り上がった。

陛下達が食べ慣れていない物が多かったけど、概《おおむ》ね好評だったので少しだけ肩の荷が下りた。

「そろそろ、一度会場を見てこようかと思います」

「そうか……。色々と大変だろうが、気を付けて」

「アリガトウゴザイマス。ガンバリマス」

含みを感じる陛下の返事に、渇いた笑みを浮かべながら頷く。

大変っていうのは、アレですよね。

色々な人に囲まれるってことですよね？

心の中で泣きながら立ち上がると、レイン殿下も立ち上がった。

露払いのために一緒に来てくれるらしい。

輝く笑顔の殿下から、後光が射《さ》して見えた。

レイン殿下は人あしらいも上手なので、一緒にいてもらえるのは非常に心強い。

頼りになる味方と共に、僅《わず》かに軽くなった足で戦場《テントの外》へと向かった。

◆

一歩テントの外へ出ると、陽《ひ》の光の眩《まぶ》しさに目を細めた。

目が慣れてくると、周りの様子を見る余裕ができる。

会場の中央に並べられているテーブルでは、招待客が銘々好きな料理を持ち込み、舌鼓を打っていた。

皆楽しそうに食事をしていることから、概ね好評なことが窺《うかが》われる。

一先《ひとま》ず、ここまでは成功のようだ。

ふと視線を感じ、さりげなく確認すれば、テントに入る前に私に話しかけようとしていた人達がこちらを見ていた。

もしかして、今まで様子を窺いながら待ってたのかしら？

ちょっと申し訳なく思いつつ、同時に料理も楽しんで欲しいとも思う。

うーん、一度少しだけでも話しておいた方がいいかな？

悩んでいると、レイン殿下に移動を促された。

「セイ様、この後はどちらに行かれますか？」

「あ……、どうしましょう？」

「今日はアシュレイ侯爵令嬢もいらしてましたから、まずは彼女の所に向かいましょうか？」

「そうしましょうか」

どうしようかと悩んでいると、すかさずリズの所に行こうかと提案される。

そういえば、レイン殿下はリズと同じ歳《とし》だったわね。

王族と高位貴族の子女同士、普段から交流があるんだろう。

私にとっても仲の良い友人だ。

レイン殿下の申し出に、即座に頷いた。

レイン殿下はリズの居場所を把握しているのか、迷いのない足取りで歩き始めた。

向かう方向から推測するに、目的地は薔薇のジュースを配っているテントのようだ。

自領の特産品が使われているから、もしかしたらそちらで宣伝活動でも行っているのかもしれない。

ただ、一直線に向かうつもりもないようだ。

道すがら、他のテントの様子も一緒に確認していく。

どのテントも盛況で、今のところ問題もなさそうだ。

そのテントで使われている特産品の領地の領主様が、料理を取りに来た招待客に対して、色々と解説をしているのも各テント共通だった。

考えることは皆一緒らしい。

ついでとばかりに、レイン殿下は領主様にも挨拶《あいさつ》をしていく。

もちろん私も。

領主様と話している招待客の方とも話すので、効率良く社交をこなすことができて、いい感じだ。

もう一つおまけに、虎視眈々《こしたんたん》と私に話しかけようとしていた人達も順調に消化できている。

各テントの前で領主様達と話している間に、彼等《かれら》がポツリポツリと話に加わってきたからだ。

ありがたいことに、想定していたよりは面倒なことも起こらなかった。

基本的にはパーティーの感想を伝えてくれたのと、彼等の領地の特産品の売り込みを軽く行われたくらいだ。

前にリズに言われたように、子息の売り込みもあるかと身構えていたんだけど、そちらは話題に上がらなかったのよね。

隣にレイン殿下がいてくれるからだろうか？

特産品だけではなくて、領地の良さについて話題に上がっていたから、もしかしたらそれが前哨戦《ぜんしょうせん》だったのかもしれない。

一度領地にいらしてくださいという申し出も、ちょこちょこあったけど、そちらはレイン殿下がやんわりと退けてくれた。

もちろんお断りの理由は魔物の討伐だ。

ほとんど落ち着いたとはいえ、未だ国王陛下からの収束宣言はない。

だから、討伐は途中といっても問題ない。

そうやって寄り道をしながら歩いていると、前方に人集《ひとだか》りが見えてきた。

いや、結構遠くから、そこだけ混《こ》んでいるのには気付いていたんだけどね。

取り敢《あ》えず、目の前の社交に集中して、気にしないことにしていたのよ。

集まっているのは色鮮やかなドレスを着た人達、つまり女性ばかりの集団だ。

薄々、勘付いてはいたけど、あの人集りができているところが薔薇《ばら》のジュースのテントのようね。

これはこれで、別の意味で近寄るのが怖い。

けれども、集団の中に見知った顔を見付けたので、意を決して近付いた。

「リズ」

「まぁ、セイ！　それに、レイン殿下まで。態々《わざわざ》、いらしてくださったの？」

声を掛けると、リズが喜色満面に返してくれた。

リズの声を合図に、その場にいた御婦人方が揃ってカーテシーをしてくれる。

待って、挨拶はもうさっき済んでるからね！

あぁ、でも、王子であるレイン殿下が一緒だから仕方ないのかな？

レイン殿下が頭を上げるように言うと、御婦人達が姿勢を戻してくれたので、リズとの話を続けた。

「リズに会いたかったのももちろんあるけど、他のテントも見て来たのよ」

「そうでしたのね」

「それにしても、ここは女性に大人気ね」

「ええ。皆様、ジュースの香りを気に入ってくださったようで」

リズが香りについて言及すると、周りにいた女性達も皆口々に感想を述べる。

先に陛下が仰っていたように、薔薇の香りはこちらの世界でも女性に好まれる香りのようだ。

「こちらのジュースには何か効果があるのでしょうか？」

「効果ですか？」

「はい。料理にも色々な効果があると伺ったのです」

「あぁ、確かそうでしたわね。でも、あれは料理スキルを持つ方が作った物、限定ではなくて？」

「そうでしたかしら？」

御婦人達の話を聞いていると、一人の人から質問を受けた。

料理には何かしらの効果が付くことを知っていたようで、ジュースにも効能があるのではないかと期待している人が多いようだった。

それだけでなく、料理に効果が付くための条件を知っている人もいた。

御婦人が言う通り、料理スキルを持つ人が作った料理には効果が付くことがある。

残念ながら、この薔薇のジュースは料理スキルを持たない人が作っているため、御婦人達が期待するような効果は付いていない。

リズの口から、そのことが伝えられると、皆少し残念そうだった。

元の世界ではスキルがなくとも、食べ物には色々な効能があった。

だから、このジュースにも気付かない程度の効果はあるかもしれない、というかある。

それは元の世界で言われていたものと同じような効果だ。

ついでに言うと、料理スキルを使用してジュースにするよりも、製薬スキルを使用してポーションにした方が効果が高い物が出来上がる。

ただ、今ここでその話をすると、確実に面倒なことになりそうだったので、そっと口を閉じた。

だってね。

薔薇関係の効能で有名なものは美容に関する作用なのよ。

有名なところでは、薔薇の実、ローズヒップなんかがそうだ。

あれは美白、美肌に効果があると言われていた。

ここで下手に効能についてまで口にしたら、この場は間違いなく騒然となる。

この世界の貴族の御婦人方の美容への情熱を舐《な》めてはいけない。

「それじゃあ、そろそろ行くわ」

「お待ちになって、私も一緒に参りますわ」

「ここはいいの？」

「えぇ。そろそろお父様が戻ってくると思いますから」

御婦人達と暫《しばら》く話して、話題が料理のことから別のことに変わった辺りで、リズに別れを告げたけど、リズも一緒に来ると言う。

ここを離れても問題ないと言うので、せっかくだし一緒に残りのテントを見て回ることにした。

次に目指したのは、招待客の間で特に話題に上がっていたというエリアだ。

薔薇のジュースのテントまでの道程と同じように、各テントで挨拶をこなしながら、徐々にそちらのエリアに近付く。

今までのテントにもそれなりに人はいたけど、そのエリアのテントは更に人で混んでいた。

そのエリアとは、ザイデラの食材、元の世界でいう和食や中華料理の食材を使った料理を提供しているエリアだ。

今まで通ってきたエリアは洋食中心で、まだスランタニア王国の料理に近い物が多かった。

けれども、このエリアは使っている材料が材料なため、この国の人達にとって食べ慣れない匂《にお》いや味の料理ばかりだ。

だから、どういう評価を受けるのか少し心配だったのだけど、杞憂《きゆう》だったようだ。

匂いが独特な物もあるからか、料理を口に入れる際には微妙な表情をしている人もいるが、そういう人でも一口食べれば感心したような顔に変わった。

物珍しさに目を輝かせている人は、尚更だ。

もちろん、口に合わなかった人も見掛けたけど、思ったよりも少数だった。

珍しい料理に興奮している人達から感想を聞きながら回っていると、またまた見知った顔を見付けた。

アシュレイ侯爵夫人のお茶会でお会いしたバルヒェット侯爵夫人だ。

「ごきげんよう、バルヒェット様」

「まぁ、セイ様！　ようこそお越しくださいました」

声を掛けると、バルヒェット侯爵夫人は綻《ほころ》んだ花が満開になるように笑みを深めた。

バルヒェット侯爵夫人と話していた御婦人達も、あのお茶会で御一緒になった方々だったようで、私の姿を認めると一斉に挨拶をしてくれた。

「皆様、料理はもうお召し上がりになられましたか？」

「はい！　とても美味《おい》しゅうございました」

「えぇ！　今丁度、バルヒェット様に感想をお伝えしていたところですの」

「お米を使っているのでザイデラのお料理かと思ったのですけど、セイ様の故郷のお料理だと伺いましたわ」

「そうですね。正確には元の世界の、故郷とは別の国で食べられていた料理なのですが」

「まぁ！　そうでしたのね」

御婦人達と話していると、これまたタイミング良く、料理が出来上がってきた。

テントの奥から料理人さんが大きな両手の付いた鍋を持って来て、配膳《はいぜん》台の上へと置くと、その場にいた人達から、わっと歓声が上がる。

見た目が色鮮やかなこともあり、掴《つか》みは上々なのかもしれない。

このテントで提供している料理が何かというと、色鮮やかなパエリアだ。

特徴的なその黄色は、お米や具材と一緒に煮込まれたサフランによって付く。

そのサフランを特産品としているのが、バルヒェット侯爵領だった。

お茶会で特産品がサフランだと聞いて、真っ先に思い付いたのがパエリアだったのよね。

それもあって、今回のパーティーで使わせてもらうことにしたのだ。

「美味しそうですわね！」

「うん！　リズはまだ食べてなかったわよね？」

「えぇ、まだですわ」

「なら、私達もいただこうか」

実は、私とレイン殿下もパエリアはまだ食べていない。

お偉いさん用のテントでいくつかの料理は摘《つ》まんだんだけど、パエリアが持ち込まれる前に退出してきたからね。

恐らく、今頃陛下達にも提供されているんじゃないかしら？

レイン殿下の号令を聞いた料理人さんが、早速出来上がったパエリアを取り分けてくれる。

出来上がりを待っていた人達がいたので、そちらを先にするように言ったんだけどね。

却《かえ》って周りが恐縮してしまって、結局先頭を譲られた。

あー、うん、仕方ないよね。

身分制度がある国で、こちらは【聖女】に第二王子に侯爵令嬢と、お偉いさんの塊だし。

非常に申し訳なく思いつつも、周りにお礼を言って、ありがたくパエリアを頂戴《ちょうだい》した。

そうして三人で食べたパエリアはとても美味しく、リズとレイン殿下の評価も良かった。

最後は三人で中央に置かれたテーブルで料理を食べながら話していたのだけど、そこにも入れ替わり立ち替わり人が訪れ、もう一つの目的である社交も上手《うま》くこなせたと思う。

問題は、私への社交の招待状が、当初期待していた通りに減るどころか、逆に増えたことだろうか。

それだけではない。

私が開いた【聖女】のパーティーは提供された料理の評判もあり、その後かなり長い間、貴族の口に上ることになる。

結局、一度で済ませたい思いとは裏腹に、再度の開催の陳情も王宮に届けられるようになったことを知ったのは、これからずっと後のことだった。

第四幕　祭の後

パーティーが盛況のうちに終わった、二週間後。

研究所の食堂に師団長様がやって来た。

目的は米料理だ。

沢山の人を招いたパーティーだったけど、生憎《あいにく》と師団長様は欠席だった。

それというのも、少し前から、王都より離れた領地で魔物の討伐に勤《いそ》しんでいたから。

もちろん、私がパーティーを開くことを師団長様は知っていた。

けれども、そのパーティーで米料理が提供されるとは思っていなかったらしい。

そうね、材料であるお米自体が貴重だから、まさかパーティーで大盤振る舞いするとは思わないわよね。

研究に使うという師団長様にだって、潤沢に行き渡る程は渡していないんだし。

それに加えて、パーティーには新作の米料理が出されたのだ。

米料理に取《と》り憑《つ》かれている師団長様が、その話を聞いて地団駄を踏んで悔しがったのも仕方ない。

うん、仕方がないとは思う。

でもね、話を聞いた直後に、自分も食べたいと宮廷魔道師団で大騒ぎして、その足で「私にも食べさせてください！」って研究所にまで突撃してくるとは思わなかったよね。

もっと穏便に、最初は魔法の講義のときにでも話を聞かれるんじゃないかなって思ってたわ。

あぁ、宮廷魔道師団で大騒ぎした件《くだり》を教えてくれたのは、師団長様の後を追って来た宮廷魔道師団だ。

きっと、インテリ眼鏡様に言われて、追いかけて来たんだと思う。

申し訳ないと平謝りしながら、経緯を教えてくれた。

最終的に、研究所の食堂で師団長様に米料理を食べさせることを約束したわ。

そうしないと、師団長様、帰りそうになかったしね。

そうして企画されたのが、研究所の食堂での新作料理発表会だ。

というのも、パーティーに参加していないのは師団長様だけではなかったから。

所長を始めとして、うちの研究員さん達は軒並み来ていなかった。

だから、どうせ作るなら皆にも食べてもらうことにした。

いつもは自分の好きな定食を選ぶ形なんだけど、この日はパーティーと同じようにビュッフェ形式にした。

出すのはパーティーで出された料理の他《ほか》に、ここだけの新作料理もある。

ほとんど米料理だけどね。

突撃して来たついでに、他にもないのかと師団長様に訊《き》かれたので、可能そうな物を出すことにしたのだ。

その代わり、師団長様には準備に協力してもらったわ。

最たる物は、ビュッフェ形式でお馴染《なじ》みの角形の保温器具だ。

パーティーでは各テントに多くの料理人さんを配置することで対応したけど、研究所ではそうはいかない。

それならば、保温する容器に入れて、作り置いた物を冷めないようにしようと考えたのだ。

最初は保温の魔法付与をされた核の提供をお願いしたのだけど、師団長様は太っ腹だった。

核どころか、欲しい品その物をくれたのよね。

ちょっと悪い気はしたけど、ありがたく受け取ったわ。

今後、同様の食の企画をする際には師団長様もお誘いすることで、この対価に代えさせてもらおうと思う。

新作料理発表会の当日、時刻はお昼前。

研究所の食堂には、いつもより多くの研究員さん達が集まっていた。

今日の食堂には、先日のパーティーで並んだ珍しい料理も並ぶということで、普段であれば時間をずらしてくる人達も開始時間に一斉に集まってきたようだ。

所長とジュード達に新しい料理の説明をしていると、師団長様もやって来た。

てっきり宮廷魔道師さんも連れてくるかなと思っていたんだけど、予想に反してお一人のようだ。

「今日はよろしくお願いいたします。昨日から楽しみで待ちきれませんでした」

「こちらこそ、準備を手伝っていただいてありがとうございます。本日はお一人ですか？」

「はい。どうかしましたか？」

「いえ、もしかしたら宮廷魔道師団の方も来られるかと思っていたので」

「希望者はいましたが、今日はこちらでの内々のお披露目会だと伺いましたので、私だけで参りました。米はそれほど量がある訳ではありませんしね」

「分かりました。それでは、どうぞお好きな料理を取ってお召し上がりください」

今の挨拶《あいさつ》で、何で師団長様が一人で来たかは大体把握できた。

なるべく多くの米料理を食べるために、他の人は置いてきたようだ。

鼻歌でも歌い出しそうな様子で、ニコニコとしながら挨拶をした師団長様は、私が返事をするやいなや米料理が置かれている辺りへと一直線に向かっていった。

そんな師団長様の後ろ姿を苦笑しながら見ていたのは私だけではない。

師団長様の米料理にかける情熱を知っている研究員さん達もだ。

師団長様は用意されている米料理から一番近い席に陣取ると、全ての米料理を自分の席へと持ってきた。

先日のパエリアを筆頭に、おにぎり、混ぜ寿司《ずし》、オムライスに炒飯《チャーハン》等々、並べられたのは全て

米料理だ。

米料理しか食べる気はないと言わんばかり。

そのまま食べ始めるかと思いきや、師団長様が最初に行ったのは料理の鑑定だ。

使える人が少ない鑑定魔法を惜しげもなく使用し、次々と新作料理の効果を調べていく。

ふむふむと頷《うなず》きながら、どこからか取り出したメモ帳に鑑定結果をメモしているのだけど、珍しい効果がある物があったのか小さく歓声を上げることもあった。

うん、安定の師団長様だね。

師団長様も大概だけど、うちの研究員さん達も似たようなものだ。

鑑定結果が気になるのか、何人かの研究員さんが師団長様に声を掛けて、メモを見せてもらっていた。

中には、ついでとばかりに米料理以外の新作料理まで師団長様に鑑定させている強者《つわもの》もいた。

そして、一通りの鑑定が終わった後、漸《ようや》く師団長様は料理に口を付けたのだった。

「ふぅ。あ、セイ様。とても美味しかったです。ありがとうございます」

「いいえ。何か新しい発見はありましたか？」

「えぇ！　こちらのオムライスですが、もしかして以前食べた物と違う材料で作られていませんか？」

「そうですね……。中のチキンライスの具が変わってるかもしれません」

「それです！　実は以前調査したときよりもＭＰの上昇率が上がっていまして……」

食べ終わった師団長様にお茶を持って行くと、満面の笑みを浮かべた師団長様からお礼を言われた。

私も例に漏れず、料理の鑑定結果が気になっていたので水を向けると、師団長様は勢いよく話し始めた。

同じ料理でも、使う材料によって効果の高さが変わったりするのね。

ポーションも同様なので当然か。

とはいえ、師団長様には当たり前のことではなかったのか、今日の結果を踏まえた上での、これからの実験の方針を非常に興奮した様子で熱く語っていた。

米料理について一通り語り終えた後は、お互いの近況報告となった。

パーティーに師団長様と同じ名字の人が来ていたという話をしたのだけど、師団長様は全く関心がないようで「そうですか」と一言返しただけで話は終わってしまった。

師団長様の方はというと、最近は魔物の討伐に精を出していたそうだ。

討伐は宮廷魔道師団の主な仕事の一つだからというのもあるけど、基礎レベルを上げたいからという理由もあったのだとか。

ただ、師団長様の基礎レベルは高く、王都周辺の魔物を討伐しても、中々レベルが上がらないらしい。

そこで、王都から離れた、強い魔物がいる地方に態々《わざわざ》遠征して、レベル上げを行っていたのだそうだ。

その甲斐《かい》あって、出会った当初からは4レベル上がって、現在のレベルは49レベルなんだとか。

「あと1レベルで50レベル。セイ様とのレベル差は5レベルまで縮みますね」

「私とのレベル差ですか？」

嬉《うれ》しそうに話す師団長様だったけど、唐突に私とのレベル差の話をするので気になった。

どういうことかと確認すると、話は鑑定魔法のことに及んだ。

どうも、私に鑑定魔法が弾かれたことが発端らしい。

鑑定魔法は掛ける人よりも掛けられる人の方の基礎レベルが高いと弾かれることがある。

前に私が師団長様の鑑定魔法を弾いてしまったのも、それが理由だ。

それで、次の機会には鑑定魔法を弾かれないようにと、レベル上げを頑張っているらしい。

「次の機会？　以前は、別に鑑定しなくても良いというお話だったかと思いますが」

「それはですね……」

「それは？」

「セイ様の全てが知りたいからです」

「やめてください」

多分、米料理と同様に【聖女の術】にも興味を持つ師団長様としては、【聖女】のステータスが見たいだけなのだと思う。

ただ、聞き取り方によっては別の意味にも聞こえる。

勿体《もったい》付けてからの意味深な言葉に、分かっていても突っ込まざるを得なかった。

「あのー、大変申し訳ないのですが、私もレベルが上がっておりまして……」

「えっ⁉ そうなのですか？」

追い付いたと思ったら、また離されていた現状に、師団長様は珍しく衝撃を受けた表情を見せた。

期待を裏切って申し訳ないのだけど、師団長様の基礎レベルが上がったように、私の基礎レベルも上がっている。

師団長様ですら上がり難《にく》いのに、更に高い私のレベルが上がっているのは、恐らく黒い沼を浄化したせいだ。

魔物が湧き出てくるだけあって、あの黒い沼を浄化すると沢山の経験値が入るっぽいのよね。

きちんと調べた訳ではないから、あくまで私の感覚でだけど。

でも、当たらずとも遠からずだと思う。

だって、これだけ討伐に勤しんでいる師団長様が4レベル上げるうちに、私は2レベル上がっているもの。

もしかしたら、他の理由もあるかもしれないけどね。

例えば、私がここことは別の世界から来ているからとか。

現在のレベルと、それに伴うレベル上げの難易度を考えると、計算に合わないほどレベルが上がるのが早いし。

「そんな……」

「えーっと、最近は黒い沼の話も聞きませんし、そのうち追い付くと思いますよ」

4レベル上げるための師団長様の努力を思うと、理不尽な話よね。

いくら黒い沼の経験値が美味《おい》しいとしても、それを浄化できるのは今のところ私だけなんだもの。

師団長様なら努力したらあるいは、似たような浄化の魔法を再現できる可能性もあるけど、それはそれで方向性が違うと思う。

絶望とまではいかないけど、似たような表情を浮かべる師団長様に同情心が湧いた。

推測した理由を説明しつつ、慰めると、「仕方がないですね」と少しだけ持ち直したようだ。

この流れで、レベルが追い付いたら再鑑定させて欲しいとお願いされたら、断れないわよね。

拗《す》ねた表情の師団長様が続けて言ったお願いに、苦笑いを返しつつ、頷《うなず》いた。

◆

パーティーも終わり、研究所でのんびりと仕事をしていたある日、またまた国王陛下と宰相様に呼び出された。

パーティーは無事に終わったと思っていたけど、何か問題があったんだろうか?

不思議に思って、陛下達から言伝《ことづて》を預かってきた文官さんに呼ばれた理由を尋ねれば、討伐を依頼したいからだと言う。

討伐依頼で呼び出されるのは久しぶりだ。

このところは黒い沼が見つかったという話も聞かなかったんだけど、もしかしてどこかで見つかったのだろうか?

少しだけ不安に思いながら、所長と一緒に陛下の執務室へと向かった。

執務室の中には、陛下と宰相様が揃《そろ》っていた。

陛下に勧められて応接セットのソファーに座ると、先日のパーティーについてのお礼を言われた。

パーティーの評判は上々だったようで、ほっと一息吐《つ》く。

そうして、陛下達に届いた参加者の感想を軽く聞いた後に、本題へと移った。

今回討伐へ向かうのは、王都の隣の領地だ。

クラウスナー領のように軍事物資の一大供給地だとか、国全体の食を支えている大きな穀倉地帯だとか、そういう特色はない。

ただ、割と大きな街道が通っていて、領都はその街道の要所の一つだった。

今回の討伐では、その領地にある街道側の森に、第一騎士団と向かって欲しいという話だった。

「第一騎士団とですか?」

「はい。何か問題がありましたでしょうか？」

「いいえ。第一騎士団と討伐に行くのは初めてだなと思いまして」

これまで討伐に行くときは、第二か第三騎士団と一緒だった。

それが第一騎士団だと言うので、つい聞き返す。

第一騎士団には知り合いはいないので少しだけ不安だ。

宮廷魔道師団の人達は一緒だろうか？

そっちに知り合いがいれば、いいんだけど。

隣に座る所長が苦い表情をしているのにも気付かず、そんな風に考えていると、宰相様が第一騎士団と一緒に行くことになった理由を説明してくれた。

彼方此方《あちこち》の黒い沼を浄化したことにより、現在魔物の湧きは以前よりも少なくなっている。

それでもまだ出る所には出るため、騎士団の中でも最も魔物の討伐に慣れている第三騎士団が各地へと遠征に出向いていた。

第二騎士団も同様で、現在は出払っている。

残ったのが第一騎士団だ。

第一騎士団は普段は王都の治安維持を担当しているらしい。

魔物の討伐にはあまり行かないけど、今回の討伐にはうってつけだった。

今回行く場所は、それほど強い魔物は出ず、王都からも近いからだ。

話を聞く限り、緊迫した様子はない。

以前、遠征に行ったときと同様に、政治的な判断で向かうことになったのだろう。

「とまぁ、ここまでが建前でして」

「はい？」

一通りの説明を聞いて、納得していると、宰相様が卓袱台《ちゃぶだい》をひっくり返した。

もちろん、物理ではない、言葉でだ。

「先日パーティーを開催していただいたセイ様には、大変申し上げにくいことなのですが……」

目を点にしていると、宰相様のぶっちゃけトークが始まった。

結論から言うと、今回の討伐はお見合いなのだそうだ。

発端となったのは先日のパーティーだ。

宰相様の話によると、あのパーティーの招待客は各派閥満遍なく網羅するようにバランスを考えて選ばれていた。

けれども、偏りがなかった訳ではない。

所属部署はともかく、普段の作業内容を考えると文官寄りの人達が多かった。

例えば、騎士団に所属していても、討伐には行かず、経理事務を専門に担当している人というように。

招待客が文官寄りの人達ばかりになったのには、もちろん理由がある。

一つは、私と関《かか》わりのある人間は薬用植物研究所か、討伐で一緒になる騎士団や宮廷魔道師団の人達が多く、必然的に武官ばかりに偏っているのを是正するため。

普段、【聖女】と知り合う機会がない人達に機会を与えるためというもの。

もう一つは、王都から離れた場所へ遠征していて、パーティーに参加することができなかった騎士団や宮廷魔道師団の人達が多かったからだ。

実際に、第三騎士団の団長さんも、宮廷魔道師団の師団長様もパーティーの日は遠方にいたため、参加していない。

パーティーに参加していたのは、御家族の方ばかりだった。

それでも、第二、第三騎士団と宮廷魔道師団の人達は討伐で一緒になることが多いため、苦情は出なかった。

パーティーで出た料理を食べられなかったことを残念がる声が聞こえてきたくらいだ。

しかし、収まらなかったのが第一騎士団だ。

今度は自分達だけが機会を与えられていないということで、第一騎士団が【聖女】との討伐を要請してきたのだそうだ。

そうして、今に至る。

「そうですか。この討伐は政治的な判断で行くものということですね？」

「そういうことだ。すまない」

確認するように問うと、申し訳なさそうな表情を浮かべた陛下が返事をしてくれた。

陛下達が判断して決めたことなら、従っておいた方がいいだろう。

絶対的な味方だとは思わないけど、今までもかなり配慮してくれていたのだ。

それなりの信用はある。

今回も、これが私にとっても最善だと思い、提案してくれているに違いない。

討伐に了承の返事をすると、陛下と宰相様がほっとしたようにお礼を言ってくれた。


そうして迎えた、第一騎士団との討伐。

宰相様から聞いていた通り、出てくる魔物は弱く、道程は順調だった。

そもそも魔物がほとんど出なかったのだ。

原因は考えるまでもない。

合間に挟まれた休憩時間のことを考えると、討伐というよりも、むしろピクニックといった方が正解かもしれない。

第二や第三騎士団と行く際と同様に、休憩時間には食事や飲み物が振る舞われた。

食事等を摂りながら近くに座る騎士さん達と雑談をしたりして、交流を深めるのも同じだ。

違うのは、周りの騎士さん達の行動だ。

入れ替わり立ち替わり、色々な騎士さんが私の世話を焼きに来るのだ。

それも一度に複数人。

まず、休憩時間になると、用意された床几《しょうぎ》に騎士さんのエスコート付きで案内される。

その騎士さんとは別にもう一人、反対側にも騎士さんはいて、席までの短い間は二人と話しながら移動となる。

二人態勢のエスコート、両手に花というやつだ。

次に、食事や飲み物は随伴してきた従僕さんが準備してくれるのだけど、彼等《かれら》が運んでくれるのは途中まで。

従僕さんが近くまで運んできてくれた食事や飲み物を、私の側《そば》にいる騎士さんが受け取り、笑顔と共に、私へと手渡してくれる。

このときの騎士さんは、席まで案内してくれた騎士さん達とは別の人だ。

案内される席は円陣が組まれているんだけど、エスコートしてくれた騎士さんは大抵両隣に座る。

その他《ほか》の席に座るのは、配膳《はいぜん》してくれた騎士さんを含めた四人の騎士さんだ。

そして、飲食中は同席している騎士さん達と雑談をしながら過ごす。

ちなみにメンバーは休憩時間毎に総入れ替えなので、毎回自己紹介から始まる。

実は顔見知りの宮廷魔道師さんもこの討伐に同行してくれているのだけど、こちらの席には来てもらえない。

最初の休憩のときに離れた所にいた彼と目が合ったんだけど、気の毒そうな表情をされただけ。

何だか、売られていく子牛の気分になったわ。

そういえば、第二騎士団との討伐も最初はこんな感じだったわね。

あそこは第一騎士団よりも更に酷《ひど》かったかもしれない。

なんてったって、あそこの人達は【聖女】である私を神聖視しているから、正に傅《かしず》かれていた。

それが非常に気不味《きまず》くて、二回目からは第三騎士団と同様に自分か、せめて従僕さんに準備してもらうように拝み倒したんだっけ？

その甲斐《かい》あって、三回目辺りから落ち着いて討伐に行けるようになったんだったか。

「ふぅ……」

「お疲れですか？」

三度目の休憩を終えて、少しの間だけ騎士さん達から解放されたところで、思わず溜息《ためいき》を吐く。

誰《だれ》にも聞かれていないと思っていたんだけど、残念ながら聞かれてしまったらしい。

後ろから、苦笑いを含んだ声が掛けられた。

振り返ると、そこにいたのは第一騎士団の副団長様だった。

第一騎士団の人達は皆上品で、物腰も優雅な人ばかりだ。

しかし、万が一強引に距離を縮めようとする者が出てはいけないからと、妻帯者である副団長様が監督役として参加していた。

「少しだけ。でも、もう折り返し地点は過ぎてますし、後少し頑張ります」

「セイ様には御無理をさせてしまっていますね。うちの者達が大変申し訳ありません」

副団長様の後半の台詞《せりふ》は、周りに聞こえないような小さな声で囁《ささや》かれた。

何に疲れているかは、まるっとお見通しのようだ。

困ったように微笑《ほほえ》む副団長様に、同じような笑みを返した。

「こちらこそ、申し訳ないです。あまりこういう扱いに慣れていないもので……」

「団長からも伺っております。うちの者達にも、あまり仰々しいことはしないように伝えてはいたのですが……」

副団長様とコソコソと話しながら、再び移動を始める。

人疲れしていると伝えたからか、そこからの道程では副団長様がほぼ隣にいた。

副団長様と話している間は、何故《なぜ》だか他の騎士さん達は近寄ってこない。

予《あらかじ》め言い含められていたのかしら？

お陰で少し緊張が解《ほぐ》れた。

行程も残り僅《わず》か。

森の中を、円を描くように歩いて来たけど、最後は来たときと同じ道を通る。

そこに差し掛かれば、森を出るまで後少しなので、魔物以外のことに気を回す余裕もできた。

時折、道端に生えている薬草を見付けながら歩いていると、行きでは気付かなかった所に洞穴があるのを見付けた。

ぽっかりと開いた洞穴は奥まで見通すことはできず、ここからでは暗闇《くらやみ》があることしか分からない。

その暗闇を見ていると、ふと日本でやっていたゲームの仕様を思い出した。

ゲームでは平原よりも森、森よりも洞窟《どうくつ》の方が魔物が多く出たのよね。

そういえば、この世界の瘴気《しょうき》も森や洞窟等の暗い場所に溜《た》まりやすいと学んだ覚えがある。

とすれば、もしかしたら……。

「いかがされましたか？」

「あ、すみません」

薬草に手を伸ばしたまま固まった私を心配して、副団長様が声を掛けてきた。

道端に生えていた薬草を採ろうとしゃがんだところで洞穴を見付けてしまい、ついそのまま考え込んでしまった。

考え事に集中すると、その姿勢のまま固まるなんて、悪い癖だ。

副団長様に謝って、慌てて薬草を摘む。

「彼処《あそこ》に洞穴を見付けてしまって」

「あぁ、ありますね。事前調査で報告が上がっていました」

「ああいう所には瘴気が溜まりやすいと伺ったんですけど、今日は見に行かなくてもいいんですか？」

「はい。あの洞穴は浅いので、森の中とそれほど変わらないのですよ」

立ち上がってから洞穴の方を指差すと、副団長様もそちらを向いた。

私が気付かなかっただけで、討伐の事前調査で洞穴の存在は報告に上がっていたようだ。

中にも入って確認したようで、脅威度がそれほど高くないことから、今日の対象からは外されていたそうだ。

行きましょうかと副団長様に促されたこともあり、その場を離れて再び歩き出す。

でも、何となく後ろ髪を引かれた。

あの洞穴は問題ないと副団長様が太鼓判を押してくれたけど、他の場所はどうなんだろう？

考えると、ほんのりとした不安が胸を過《よぎ》った。

その不安が的中してしまうのは、王都に帰ってから少し経《た》ってのことだった。

◆

肉体的疲労よりも精神的疲労の方が勝った討伐の後、三日程の休暇を貰《もら》った。

休暇といえど、やることは普段と大差がない。

所長から禁止されたため、休暇中にはポーション作製ができないくらいだ。

「セイ」

「ホーク様、こんにちは」

そんな訳で、薬草畑で日課の水遣《みずや》りをし、薬草の様子を見ていると、団長さんがやって来た。

顔を合わせるのは久しぶりな気がする。

感じたことを言葉にすれば、昨日討伐から帰ってきたところだと答えが返ってきた。

パーティーの前から行っていたので、かなり遠方への遠征だったようだ。

それもあって、団長さんも今日から三日間お休みらしい。

何気にお揃《そろ》いだ。

「帰ってきたばかりだったんですね。お疲れ様です」

「ありがとう。セイもパーティー大変だったろう。お疲れ様」

「ありがとうございます」

「今回のエスコート役はレイン殿下だったか？」

「そうですね。【聖女】関連の統括をしているからって、準備も色々と手伝っていただいたんですよ」

「そうか。あの方は優秀だから、そつなく準備は進んだろう？」

「はい。とても助かりました」

「私も助けになれれば良かったんだが……」

「いえいえ、ホーク様にはホーク様のお仕事がありますから」

「そうだな。ただ、エスコートは私がしたかったな……」

こ、この人はっ！

相変わらず、唐突に爆弾を落としてくるのは止《や》めて欲しい。

残念そうに、儚《はかな》げに微笑みながら言われると、私が悪い訳ではないと分かっていても、罪悪感が半端ない。

慌ててフォローしようとしたら、団長さんは耐えきれないという風に声を殺して笑い出した。

待って、もしかして今の冗談？

また揶揄《からか》われた⁉

全く、もうっ！

「揶揄わないでください」

「すまない。だが、エスコートしたかったのは本音だ」

憮然《ぶぜん》とした顔で物申したら、追撃を喰《く》らった。

ソウデスカ、ホンネデシタカ。

何だか恥ずかしくて、団長さんの目を見ることができない。

「ソウデスカ。……、では、また機会があったときにでも」

「あぁ。そのときは、喜んでエスコートさせてもらおう」

そっと視線を逸《そ》らしながら、次回のことを口にすれば、団長さんが破顔したような気がした。

「ところで、参加した者に聞いたんだが、新しい料理が数多く並んだらしいな」

「はい。半数以上は新作でしたね」

「討伐の予定がなかったら参加したんだが……。食べることができなくて残念だ」

「全部ではないんですけど、いくつかは食堂でも出すようになったんですよ」

「そうなのか？」

「はい。あっ！　確か今日のお昼のメニューもそうです！　もしよろしかったら、お昼をご一緒しませんか？」

パーティーで出された料理のうち、いくつかは研究所の食堂で提供されるようになった。

そして今日の日替わりメニューも、パーティーで提供された料理だった。

そのことを思い出したので誘えば、団長さんは一も二もなく頷《うなず》いた。

時刻も真昼ではないけど、ギリギリ昼食を摂っても良さそうな時間だ。

早速連れ立って、食堂へと移動した。

「綺麗《きれい》な色だな。これは何ていう料理なんだ？」

「こちらはパエリアという米料理です」

「これがか。あぁ、綺麗な色の米料理があったという話を聞いたんだ」

「そうだったんですね」

本日のお昼の日替わりメニューは、パエリアと鶏肉《とりにく》のトマトソース煮込みに、サラダと野菜スープが付いていた。

パエリアの黄色にトマトソースの赤色、それからサラダの緑色と彩り鮮やかだ。

輸送の問題があり、パエリアには魚介ではなく豚肉が使われている。

豚肉に鶏肉と、本日のメニューは中々に肉々しい。

けれども、団長さんにとっては歓迎すべきことだったようだ。

料理を見つめる目は、とても輝いていた。

パーティーでの評判は良かったけど、団長さんにも当てはまるかは別問題だ。

慣れない米料理に、サフランという馴染《なじ》みのない香辛料を使っていることから、団長さんの口に合うかが少し心配だった。

しかし、杞憂《きゆう》に終わったようだ。

洋風の味付けだったからか、団長さんは美味《おい》しいと言ってくれ、おかわりまでしたほどだった。

「そういえば、セイも昨日まで討伐に行ってたそうだな」

「はい。すぐ近くにですけど」

「どうだった？」

「んー、あまり魔物は出なかったので、討伐という感じはしませんでしたね」

「そうなのか？」

「はい。以前、南の森に行ったときのような感じでした」

食事が終わり、食器も下げた後は、特にすることもなかったので、そのまま食堂でティータイムとなった。

お茶を飲みながら訊《き》かれたのは、先日行った討伐についてだ。

王都近くでの討伐で、南の森のようだったと言うと、団長さんは諸々《もろもろ》のことを察してくれたようだった。

口元に手を当てているけど、目が笑みの形を描いているので、笑いを堪《こら》えているのは一目瞭然《いちもくりょうぜん》だ。

どうせ、南の森でのことを思い出したのだろう。

はいはい、私がいると弱い魔物は出ませんよね。

【聖女】がいるだけで周辺の瘴気は薄くなり、魔物が出なくなるっていう説は昔からあるもの。

何も言わずとも、口を尖《とが》らせただけで、私が何に拗《す》ねているのかは通じたらしい。

堪えきれないとばかりに、団長さんは本格的に笑い出した。

「今回は第一騎士団と一緒だったと聞いたが」

「はい。初めて一緒に行ったんですけど……」

「何かあったのか?」

一頻《ひとしき》り笑った後、団長さんは少し真面目な顔をして話題を変えた。

訊かれたのは同行者についてだ。

第三騎士団の長だからか、第一騎士団との討伐だったのは、ご存じだったようだ。

正直に言えば、非常に疲れる討伐だった。

主に気疲れで。

けれども、それをそのまま団長さんに伝えるのは少し悩ましかった。

それもあって言《い》い淀《よど》むと、すぐさま団長さんの表情が心配で曇った。

「あ、いえ。何かあった訳じゃないんですけど、何だかキラキラしている人が多くて……」

「キラキラ?」

「第二騎士団の人達のようっていうか、あれはお姫様扱いって言うんでしょうか?」

慌てて取り繕えば、団長さんの表情が怪訝《けげん》なものへと変わる。

流石《さすが》に抽象的過ぎたか。

とはいえ、何と言えば通じるかと考えながら、第一騎士団との遣り取りをしどろもどろになりながら説明する。

思い返しても、お姫様扱いだったよなとは思うけど、この国の紳士のマナーとしては問題はなかったようにも思う。

普段、社交から離れているから知らないだけで、貴族としては普通の対応だったのだろうか?

説明の最後に団長さんに確認すると、団長さんは微妙に答えに窮した。

そうでもあるし、そうでもないと煮え切らない返答だ。

まぁ、世の中には色々な人がいるので、人によって異なると言うことなのかもしれない。

妙な空気を変えようと、今度は団長さんが行っていた討伐について尋ねてみた。

企みは成功したようで、団長さんも表情を戻して、討伐のことを話し始めた。

彼方此方《あちこち》で黒い沼を浄化して回ったお陰か、このところ全国的に魔物の湧きは落ち着いていた。

しかし、最近また魔物が増えてきた地域があるらしい。

団長さんの今回の遠征も、そういう地域での原因調査のためのものだったそうだ。

今回赴いたのは、王都からかなり離れた場所だった。

この国では、王都から離れるほどに強い魔物が出るらしい。

そのため、訪問先の魔物も王都周辺より強く、騎士さん達だけではなく団長さんも行くことになったのだとか。

「それで、魔物が増えた原因は判《わか》ったんですか？」

「いや、まだ判っていない。めぼしい場所は探したんだがな」

「魔物が増えている地域に何か共通点はありませんか？」

「それも調べたらしいが、特にないそうだ」

団長さんも参戦した討伐だったけど、結局原因は判明しなかったそうだ。

共通点もないと言う。

魔物の増加は国を揺るがす大事だから、その調査には多くの人手が割かれているはずだ。

それも、王宮で働けるような優秀な人達ばかり。

それでも原因が見つからないと言うのだから、複数の要因が複雑に絡まっているのだろうか？

それとも……。

そんな風に考えていると、ふと先日の光景が頭を過《よぎ》った。

「めぼしい場所ってどういう所なんですか？」

「まずは森の中だな。次は平原。後は湖等の水場があれば、その周辺だろうか」

「洞穴や洞窟《どうくつ》の中は探されないんですか？」

「その辺りも調査対象に入っているが、まだ確認できていない所が多いな」

団長さんの話では、全《すべ》ての候補地を一度に調査するには人員が足りていないらしい。

だから、効率を重視して、原因がある可能性が高く、調査しやすい所から調査しているんだそうだ。

思い付いたから口にしたけど、洞窟はともかく、小さな洞穴なんて存在が見つかっていない所もありそうだ。

どこにあるかも分からない洞穴を探して、更に調査してとなると、とてもじゃないが人数が足りないのは理解できる。

「もしかしたら、そういう所に黒い沼が発生していたりするかもしれませんね」

「あり得る話だな」

そう話していた翌日、王宮からお呼びが掛かった。
噂《うわさ》をすれば何とやら。
とある領地の洞窟で、黒い沼が見つかったそうだ。

第五幕　ホーク領

一つ目の黒い沼が見つかって以降、各地で発見の報《しら》せが相次いだ。

各地にある洞穴や洞窟で同じように黒い沼が見つかったのだ。

一つ見つけたら百はある、とまでは言わないけど、立て続けに見つかったのは本当だ。

今まで手が回っていなかった所に、対応できるようになった結果かもしれない。

見つかった黒い沼の大きさは大小様々だったけど、大きさにかかわらず全ての場所に行って浄化してきた。

再びの全国行脚には少々疲れたけど、何とか対応できたのは僥倖《ぎょうこう》だった。

続け様に来ていた報せがなくなり、ほっと一息吐《つ》けたのも束《つか》の間、今度は騎士団の派遣依頼が王宮に届いた。

詳細な依頼内容を聞いた国王陛下は、直ちに【聖女】を派遣することを決めた。

王宮へと騎士団の派遣依頼を出したのは、団長さんの実家であるホーク家だった。

ホーク家の領地は王都の遥《はる》か北側にあり、辺境伯という爵位が示す通り、国境沿いに存在する。

他国へと通じる街道が領内を走っていることもあり、国内の要所の一つでもあった。

他国からの侵略を警戒する必要もあって、ホーク領は他の領地よりも多くの兵士を抱えている。

兵士の内訳は国境を守る王国軍と領内を守るホーク家の私兵、及び傭兵《ようへい》団だ。

これらの兵士が相手取るのは人だけではなく、それぞれが守る地域に出没する魔物も当然討伐する。

他の領地よりも兵士の数が多いだけあり、このご時世でも騎士団の手を借りることなく対応してきた。

普段であれば王宮を頼るような家ではない。

重要な地を治める、そんな家から要請が来たということで、陛下も事態を重く見たようだ。

王宮の動きは速く、ホーク家からの要請が届いた一週間後には、騎士団と共に王都を離れることになった。

急いでいるだけあって、クラウスナー領に行ったときのように、各地の領主邸に長居することもなかった。

それでも国の端ということもあり、ホーク領への移動はクラウスナー領に行ったときよりも日数が掛かった。

「んー――――」

馬車から降りると、両手を頭上に上げ、大きく背伸びをした。

ずっと同じ姿勢でいたために凝り固まった体のあちこちから、パキポキと音がする。

「流石に少し疲れましたね」

「はい。この休憩が終わったら、領都まで一直線でしたっけ？」

「そうですよ」

一緒の馬車から降りてきた師団長様も、腰に手を当てて伸ばしていた。

遠征慣れしている師団長様といえども、国の端までの移動は疲れるようだ。

「セイ、疲れただろう。彼方《あちら》で休んでくれ」

「すみません。ありがとうございます」

声がした方を向けば、団長さんが自身の背後を指し示した。

お礼を言いつつ、言われた方へと向かう。

奥を見遣《みや》れば、ピクニックシート代わりの白い布が地面に敷かれ、その上に軽食の皿が載せられていた。

敷布の周りには床几《しょうぎ》も用意されている。

馬車を降りるまでの短い間に、騎士団に随行している従僕さん達が用意してくれたようだ。

其々《それぞれ》が床几に腰掛けると、お茶が入ったマグカップを従僕さんが手渡してくれる。

従僕さんにお礼を言って受け取ると、掌《てのひら》にじんわりと温かさが伝わった。

ホーク領は王都よりも気温が低いようで、少し肌寒さを感じていたので、伝わる温かさがありがたい。

お茶を一口含んで、ふぅっと息を吐く。

視線を遠くにやれば、雪で白く化粧が施された岩山の頂が目に入る。

見た目が日本アルプスの山々によく似たあの山はかなり標高が高そうだ。

「温まりますねぇ」

「そうですね」

同じようにお茶で暖を取っていた師団長様が、ほっこりとした様子でのほほんと口を開いた。

頷《うなず》き返しながら、もう一口お茶を啜《すす》る。

「この辺りは標高も少し高いからな」

「山岳地帯なんでしたっけ？」

「そうだ。よく知ってるな」

「来る前に少しだけ調べたので。事前調査は大事です」

ホーク領の大部分は山地で、年間を通して王都よりも気温が低い。

また、領内にはスランタニア王国で二番目に大きな湖がある。

湖の畔《ほとり》には有名な観光地もあるそうだ。

この辺りのことは、王宮で受けている講義で習った。

同じように習ったことで、討伐において重要な情報といえば、魔物の強さだろうか。

この国で出る魔物には、王都から離れるほど強くなるという特性がある。

故に、国境沿いの領地であるホーク領には、王国では最も強いランクの魔物が出没するらしい。

今回の討伐に第三騎士団が出ることになったのも、そのためだ。

第三騎士団は王宮の騎士団の中で、最も魔物の討伐に慣れている部隊なのだ。

更には、宮廷魔道師団から師団長様も加わった。

いつぞやのように師団長様が駄々を捏《こ》ねたからではない。

きちんと陛下からの命令の下に、同行することになった。

過剰火力とも言われたメンバーが揃《そろ》えられた辺り、この討伐がどれほど難しいものだと考えられているかがよく分かる。

「さて、そろそろ出発しようか」

「分かりました」

お茶を飲み終わったところで、団長さんから休憩終了の声が掛かった。

それを合図に、周りにいた人達も撤収を開始した。


再び馬車で移動し、二時間程経《た》った頃、目的地に到着した。

クラウスナー領と同じように、ホーク領の領都の周りも城壁で囲まれていた。

川から水を引いて来ているようで、城壁の周りには水を湛《たた》えた堀もあった。

また、クラウスナーの領都は丘にあったのに対し、こちらは平地にある。

進行方向から見ると、街道の左側に領都はくっついていて、一番左手にお城が見えた。

お城も、街中の建物も、屋根の色は紺青色で、落ち着いた雰囲気だ。

街中に入ってから気付いたけど、一見平地のように見えて、街中にも多少の高低差があるようだ。

その中でも、お城は一番高い所にあり、少し手前から上り坂になっていた。

一つの建物かと思っていたお城は、複数の建物で構成されていた。

三階だか、四階だかの建物が連なり、それらが壁の役割を果たしているようだ。

団長さんの話では、この建物群の一つに領主様一家が住んでいるらしい。

馬車が停車したのは、お城の城門をくぐり抜けた先にある中庭だ。

事前に聞いた通り、大きな出入り口がある建物の前に、領主様をはじめとした多くの人が待ち構えていた。

ここが領主様の屋敷なのだろう。

待ち構えていたのは、領主様らしき壮年の男性とその夫人らしき人、それから使用人さん達だ。

最前列中央に領主夫妻が、その背後に使用人さん達がずらりと並ぶ。

貴族のお宅というのは、どこも同じなのだろうか?

そう思ってしまうほど、何度も見た光景だ。

団長さんのエスコートで馬車を降りて顔を上げると、領主様らしき男性と目が合った。

途端に、男性は穏やかに微笑《ほほえ》んだ。

導かれるままに歩み寄り、丁度良い場所で立ち止まると、男性が口を開いた。

「遠路はるばる、ようこそお越しくださいました。初めてお目にかかります。私が領主のヘルムート・ホークでございます」

「妻のクラウディアでございます」

「初めまして、セイ・タカナシです」

想像していた通りだ。

挨拶《あいさつ》をしてくれたのは、団長さんの御両親でもある、ホーク辺境伯夫妻だった。

領主様は金髪にブルーグレーの瞳《ひとみ》と、団長さんと同じような色を持つ人だった。

髪の色は団長さんよりも濃いので、どちらかというと長男の軍務大臣様とよく似ている。

領主夫人は緩やかにウェーブを描く銀髪に藤色の瞳の優しげな方だ。

領主夫人の髪は光の加減で水色にも見えるので、正確には銀髪ではないのかもしれない。

こうして見ると、三兄弟ともどこかしらご両親に似ていることが、よく分かる。

軍務大臣様は完全に領主様似で、インテリ眼鏡様は顔立ちと瞳の色が領主様で髪の色は領主夫人似、団長さんは色みは領主様で顔立ちが領主夫人似といったところだろうか。

そんなことを考えながらも、応《こた》えるのは忘れない。

領主夫妻の挨拶に合わせて、こちらも着ているローブを摘《つ》まんでカーテシーをした。

続いて、討伐隊を率いる団長さんと師団長様が挨拶をした。

仕事モードなのか、親子だというのに団長さんの挨拶は固いものだった。

けれども、それは最初だけ。

挨拶を受けた辺境伯様が「よく帰ってきたな」と声を掛けると、団長さんは小さく笑って、「ただいま」と囁《ささや》いた。

「長旅でお疲れでしょう。お部屋にご案内いたしますので、夕食まではそちらでお寛《くつろ》ぎください」

「ありがとうございます」

領主夫妻は挨拶が終わると、話を引き伸ばすことなく、すぐに部屋へと案内してくれた。

こちらの体調を気遣ってくれたようだ。

休憩を挟みながら来たとはいえ、ありがたい心遣いだった。

たとえ、長時間同じ姿勢でいたことによる体の痛みや疲労を回復魔法で癒やせるとしても。

そうして、私は侯爵夫人に、残りの人達は執事さん達に案内されて、各自の部屋へと移動した。

◆

各領地に到着してからの流れというのは基本的に同じだ。

到着した時間にもよるけど、余程こちらの体調が悪くない限り、到着日の夜は領主様一家と晩餐《ばんさん》を共にする。

ホーク領でも、それは変わらない。

各自の部屋へと引き上げる際に、領主様から今夜の晩餐に招待された。

食堂に集まったのは五人。

領主様夫妻と団長さん、そして師団長様と私だ。

一同が揃うと、領主様の合図で食事が始まる。

供されたのは、ホーク領の特産品を使った料理だ。

特産品と聞くと、この間のパーティーのことを思い浮かべてしまうけど、目の前に並ぶのは、あのときの料理を元にした物ではない。

王都で流行《はや》っている薬草を使った料理でもない。

元からこの地で食べられていた料理だ。

「チーズがふんだんに使われているんですね」

「ええ。我が領地ではチーズ作りが盛んで、色々なチーズをお作りしていますのよ」

チーズが使われた料理が何種類かあったので口にすると、領主夫人がにこやかに微笑みながら教えてくれた。

料理に使われているチーズは、それぞれ種類が異なっていたようだけど、全《すべ》てホーク領で作られた物らしい。

「こちらの白ワインもとても飲みやすいですね。どの料理とも合って、とても美味《おい》しいです」

「それはよろしゅうございました。そちらのワインも我が領で作られている物ですの」

ホーク領の特産品としてチーズは知っていたけど、ワインも作られているのは初耳だ。

なるほど。

だから、ホーク領ではあの料理があるのか。

団長さんから聞いた、その料理はチーズフォンデュ。

温めた白ワインの中に複数のチーズを入れて混ぜ合わせて作る料理だ。

ホーク領ではパンに付けて食べるのが一般的らしいけど、ゆでた野菜や焼いたベーコン等に付けて食べるのも美味しい。

貴族の晩餐に出るような料理ではないから、今日の食卓には上がっていないけど、町中の食堂では食べられるとか。

また、チーズフォンデュの他《ほか》にも、ラクレットやグラタンのような料理もあるらしい。

滞在中に一度は食べてみたいけど、討伐に忙しいからちょっと難しいかな。

残念。

晩餐の席に着いてからというもの、主に話すのは領主夫人だ。

領主様も団長さんも、偶《たま》に話に入ってくる程度だし、師団長様も相槌《あいづち》を打つくらい。

食堂に響くのは女性陣の声だけだ。

もしかして、ホーク家の男性は寡黙な人が多いのかしら？

いや、普段の団長さんやインテリ眼鏡様を思い出す限りそんなことはないはず。

同性同士の方が話が弾みやすいかもしれないということで、気を遣って貰《もら》っているのかもしれない。

「えっ⁉　温泉があるんですか？」

「はい。この町から北に行った所に湖があるのですが、その畔《ほとり》に湧いている所があるのです」

そうして和気藹々《わきあいあい》と領主夫人とホーク領の話に花を咲かせていると、聞き逃せない単語を拾った。

温泉ですって⁉

思わず興奮してしまうのは、仕方がない。

温泉とは、日本にいた頃《ころ》から憧《あこが》れた場所なのだから。

その実、日本にいたときも含めて、温泉に行った回数は数える位だ。

精々、家族旅行で行った位だろうか？

働き出してからは、偶にある休日は週に一日だけのことが多く、溜《た》まった家事を消化するのが精一杯だったしね。

そんな訳で、私にとって温泉とは高嶺《たかね》の花《はな》だった。

喚《よ》び出されてからは耳にすることがなかったから、てっきりないんだと思っていたんだけど、あったのね……。

日本にいたときよりも時間に余裕がある今なら、行けるだろうか？

行けそうな気がする。

問題は、現在仕事の真っ最中ってことよね。

問題が片付いたら、少し時間を取って行けるだろうか？

後で団長さんにこっそり聞いてみようかな？

「タカナシ様は温泉に御興味がおありで？」

「はい。故郷にもあったのですが、中々行く機会がなくて、いつか行けるといいなと思っていたんです」

「そうでしたか。温泉が湧き出ている町には我が家の別荘もあります。もしよろしければ、是非御滞在ください」

「よろしいんですか？」

「もちろん」

温泉に思いを馳《は》せていたら、領主様から素敵な提案をいただいた。

きっと期待で目が輝いていたのだろう、すぐさま団長さんから討伐の後に行ってみようかと、これまた嬉《うれ》しい提案があった。

もちろん、嬉々《きき》として頷《うなず》いた。

終わった後の御褒美を思えば、討伐にも身が入るというものだ。

団長さんの話では、温泉が湧いていると言っても観光地化されている訳ではないらしい。

利用者はホーク領の人達が主で、ホーク家が抱えている兵士さんや、傭兵《ようへい》さん達が魔物の討伐の疲れを癒やしたりするのに使っている程度だそうだ。

要は、貴族の人達が使うような豪華な施設はないとのこと。

高価な物が置いてある商店や、豪華な物が食べられるレストラン、お洒落《しゃれ》なカフェなんかはないということだ。

私としては、温泉に浸《つ》かれて、のんびりできればいい。

けれども、少しだけもったいないとも思う。

今まで温泉という単語を聞いたことがなかったように、この国では温泉は珍しいものだと思うのよね。

きちんと整備して宣伝をすれば、かなりの人が観光に来てくれるんじゃないかな?

特に、あのお店があれば……。

団長さんの話を聞きながら、そんなことを考えていたからだろう。

ついうっかり口にしてしまったのだ。

「マッサージ屋さん……」

「マッサージ屋?」

ぽつりと零《こぼ》してしまった言葉は馴染《なじ》みのないものだったようで、団長さんが怪訝《けげん》な表情で尋ねてきた。

しまったと思いながら、慌てて取り繕う。

「あぁ、えっと、騎士さん達も温泉にって話でしたよね？」

「そうだが……」

「体を温めてからマッサージを受けると疲れがよく取れるんですよ！　だから、温泉に入った後にマッサージしてもらえるお店があればいいのになって、思ってしまって……」

丁度、同行していた騎士さん達にも温泉施設を使わせて欲しいと、団長さんが領主様に話しているところだった。

ぼんやりと聞いていたことを思い出しながら、何とか話を繋《つな》げる。

最後の方は小さく尻《しり》すぼみになりながらも、それっぽいことを言えば、団長さんも領主様も納得してくれたようだ。

ただ、それで終わらないのが領主夫人だった。

「疲れがよく取れるだけなのでしょうか？」

「えーっと、どうでしょうか？　あぁ！　後遺症の緩和にもいいかもしれませんね」

「後遺症の緩和というと？」

「ええっと、運動機能障害と言いますか、怪我《けが》をした後に手足が動かしにくくなってしまったりした症状を緩和したりとか」

にっこりと微笑《ほほえ》む領主夫人の視線に怖いものが含まれている気がしたけど、耐えたよ。

頑張って耐えました。

ここで美容にも効果があるなんて言ってしまうと、後がどうなるかは何となく想像できたからね。

そして、領主夫人の追及から逃れるために例として挙げたのは、騎士さん達に身近な怪我の後遺症の緩和についてだった。

こちらは団長さんだけでなく、領主様も興味津々だった。

領内に多くの兵士を抱えているからだろう。

魔物の討伐に怪我は付き物だしね。

そこからは硬くなった筋肉をほぐすためのマッサージについてや、マッサージの際に使うとより効果のありそうなエッセンシャルオイルの話なんかもした。

エッセンシャルオイルの話をした際に、師団長様が興味を示したのは意外だった。

エッセンシャルオイルについて色々と質問してきたのよね。

もっとも、マッサージとエッセンシャルオイルで魔力操作の能力を上げることができるかっていう質問だったから、然《さ》もあらんって感じだったけど。

どうもマッサージで血流が良くなるという話から、そういう疑問に至ったようだ。

魔力と血液って関係あるのかしら？

機会があったら、師団長様に聞いてみよう。

ちなみに、領主夫人からも追撃を受けた。

温泉の後のマッサージは美容にもいいんじゃないですか？　ってね。

マッサージに使われるエッセンシャルオイルは化粧品にも使われているので、美容と結びつけるのは簡単なことだ。

社交界という戦場の猛者《もさ》である辺境伯夫人が気付かないはずがない。

二度目の期待を含む領主夫人からの視線には耐えきれず、討伐が終わった後に時間を設けて詳しくお話しすることになった。

その後もホーク領について色々と話を聞きながら、晩餐《ばんさん》会は和やかな雰囲気で進んだ。

◆

晩餐会の翌日、領主様から今回の討伐についての話を聞いた。

魔物が増えている場所は領内にある、とある鉱山周辺だった。

温泉のある地域とは別の地域だ。

鉱山は領都からは離れた場所にあり、移動には数日掛かる見込みだ。

鉱山の近くには、鉱夫さんや護衛の兵士さん達が寝泊まりするための集落がある。

この集落は領都と比べると遥《はる》かに小さいものだ。

聞いた話によると、鉱夫さん達が寝泊まりする建物に、鉱夫さん達を管理する人が住む建物、そして集落にいる人達のための食堂しかない。

ずっと暮らすのには不便そうだけど、寝泊まりするだけならこれで事足りるそうだ。

鉱夫さん達がこのような集落に住んでいるのには理由がある。

鉱山は山の中にあり、周辺は魔物が多く、魔物に対処できる鉱夫さん達以外が定住するのは少々難しいからだ。

そのため、鉱夫さん達の家族はもう少し離れた場所にある村に皆住んでいるそうだ。

簡単に言うと、鉱夫さん達は単身赴任者ばかりということね。

村は平地にあるため魔物に脅かされることは少ない。

また、生活に必要な品々を売っている商店もあれば、歓楽街もある。

だから、鉱夫さん達は休みの日になると、家族がいる村に帰るらしい。

領都からのんびりと馬車に揺られること数日間。

目的地に到着した。

集落は木や石でできた壁に囲まれていた。

事前に聞いていた通り、鉱夫さん達が過ごすための最低限の建物しかない。

ただ、護衛とは別に、魔物の討伐に来る兵士さん達用にちょっとした広場はある。

私達はこの広場に野営用のテントを張り、寝泊まりすることになった。

騎士さん達がテントを張っている間、私と団長さん、それから師団長様はこの集落の管理者さんに挨拶《あいさつ》をした。

普段お目に掛かることのない重要人物、主に私がいることに恐縮しきりの管理者さんから、周辺の様子を聞く。

やはり、このところ魔物が多く出没するそうだ。

しかも、最近は今までとは違った種類の魔物が出るようになったとか。

「違う種類の魔物か……」

「は、はい。今までは生きているものばかりだったのですが……」

い、生きている、もの？

管理者さんの言い方に、微妙に引っかかりを覚えた。

そう感じたのは私だけではなかったらしい。

団長さんがどういうことかと尋ねると、管理者さんは恐る恐る口を開いた。

「それが、その、生きてないんです」

「生きてない」

「はい……」

「……、それは死体が動いているということでしょうか？」

「っ……、はい」

死体が動くと聞いて、思わず眉《まゆ》を寄せてしまった。

あれかー、あれなのかー。

思い浮かべた魔物でまず間違いないだろう。

管理者さんは馴染みがないようで、実際にその魔物に遭遇した人達から話を聞いても半信半疑だったようだ。

それもあって、私達へ報告するのにもこわごわとしていたみたいね。

反対に、色々な所に討伐に行ったことがある団長さんや師団長様は、そういう魔物がいることを知っていた。

平然とした様子で、その魔物の種類を口にした。

「アンデッドか」

「そのようですね」

前に聖水の話をしたときに、師団長様から少しだけ話を聞いていたので、アンデッド系の魔物がこの世界に存在することは知っていた。

ただ、積極的に出会いたい魔物かというと、そんなことはない。

まず何と言っても見た目が問題だ。

日本のゲームに出てきたアンデッドにも、綺麗《きれい》なものとそうでないものがいた。

師団長様から聞いた話では、この世界のアンデッドにも両タイプいるそうだ。

しかし、管理者さんが生きていないとはっきり口にする以上、見た目で分かるような状態である可能性は高い。

つまり、集落周辺に出る魔物は綺麗な状態ではないということだ。

そうなると、次に問題になるのは臭いだ。

死体の臭いなんて嗅《か》いだことがないので想像するしかないんだけど、いい臭いではないことは確かだろう。

現に、アンデッドっぽいと口にした団長さんも師団長さんも微妙な顔をしている。

いや、臭いが嫌だから、そんな顔をしているとは限らないんだけど。

「その魔物が出るのは鉱山の中だけでしょうか？　それとも、外にもいるのでしょうか？」

「鉱山の中で出くわす方が多かったようですが、外で見掛けたという話もあります」

「そうですか……」

アンデッドの出現場所に偏りがあるか、師団長様は管理者さんに確認した。

返答を聞いた後、師団長様は顎《あご》に手を添えて考え込む。

「どうかしたんですか？」

「いえ、どの魔法を使って倒そうかと考えていまして」

何を考え込んでいるのか気になったので尋ねると、師団長様は使用する魔法について悩んでいたと言う。

何故《なぜ》、魔法の種類を気にするのかしら？

前に聞いた話では、アンデッド系の魔物に特化した魔法というのはなかった気がするのだけど。

更に聞くと、火属性魔法が使えるかが気になったそうだ。

なるほど。

師団長様は全属性の魔法を使えるらしいけど、その中でも火属性魔法が得意だという話だもんね。

そう考えたのは間違いではなかったらしい。

師団長様は最後に付け加えるように言った。

「火属性で倒す方が効率いいんですよね……」

小さな声で付け加えられた一言に、火属性魔法が得意だったことと同時に、師団長様は戦闘狂と呼ばれていることを思い出した。

管理者さんからの話を聞いた後は、騎士団のテントへと移動した。

今後の騎士団の方針としては、いつも通りだ。

いくつかの隊に分かれて、まずは周辺を調査し、その結果をもって次の行動を決定する。

それだけだ。

もっとも、私と師団長様は調査と銘打って別のことをすると思う。

師団長様は例によってレベル上げのために、周辺の魔物を掃討しに行くようだ。

私もやることは変わらない。

魔物の調査ももちろんするけど、周辺に生えている薬草の調査も行う予定だ。

念のため、団長さんに確認を取ったところ、いつも通りだなと笑われた。

ごめんなさい……。

翌日から周辺を見て回った。

所変われば品変わるという言葉があるように、王都周辺には自生していない薬草がちらほら見つかった。

図鑑の中でしか見掛けたことがない薬草もあり、見つけたときには胸が高鳴った。

それらを興奮しながら、丁寧に採取していく。

「それも薬草なのか？」

「いえ、分からないんですよね」

「分からない？」

「はい、見たことがない草なので。もしかしたら薬草かなと思って、念のために採取しておこうかと思ったんです」

摘んだ草を繁々《しげしげ》と眺めていたら、一緒に来ていた団長さんに声を掛けられた。

団長さんに言った通り、手に取ったのは見覚えのない物だ。

もしかしたら薬効があるかもしれないからね。

標本にしておいて、王都に帰ったら図鑑と突き合わせて調べてみようと思ったのだ。

こういうとき鑑定魔法が使えるといいのになと思う。

使えるなら、その場で鑑定して取捨選択できるもの。

非常に残念なことに鑑定魔法は使えないので、地道に作業するのみだ。

あ、でも、後で師団長様に確認して貰《もら》おうかな?

折角一緒なんだし、聞くだけ聞いてみよう。

「セイ」

「はい」

肩から掛けている鞄《かばん》に採取した草をしまっていると、ふいに団長さんが小さな声で名を呼んだ。

途端に、一緒にいた騎士さん達の空気も引き締まる。

少しして、団長さんが指さした方に目を凝らせば、遠目に猪 型《いのししがた》の魔物の姿が見えた。

先頭に立っていた騎士さんの合図で、一斉に魔物を攻撃する。

一匹目はすぐに終わったけど、見えない位置にも仲間がいたようで、戦闘はまだ終わらない。

とはいえ、こちらは歴戦の戦士ばかり。

全員、気を引き締めて順番に対処し、大怪我《おおけが》をする人が出ることなく戦闘は終わった。

「やっぱり、多いですね」

「そうだな。セイがいて、これだからな」

「どういう意味ですか?」

予想はしていたけど、出てくる魔物の数や頻度が多い。

そう言うと、側《そば》にいた騎士さんも頷《うなず》いた。

だけど、一言多い。

思わず半眼で睨《にら》めば、騎士さんは声を殺して笑いながら、「すまんすまん」と謝ってきた。

全く、もう。

団長さんも一緒になって笑っていたけど、一頻《ひとしき》り笑った後に表情を真面目なものに変えた。

「これだけ多いと、やはりありそうだな」

「そうですね……」

団長さんの一言に、騎士さん達も表情を引き締める。

口にしなくとも、皆考えることは同じだ。

これだけ魔物が出るとなると、予想していた通り、黒い沼がどこかにありそうだ。

第六幕　不死の魔物

周辺の調査をした結果、鉱山の奥で黒い沼が見つかった。

鉱山の外よりも中の方がアンデッド系の魔物が多く出ると鉱夫さん達が話していたこともあり、半ば予想していた通りではあった。

発見の報告があった翌日に、すぐに私達は黒い沼の浄化に向かった。

「『ライト』」

同行していた宮廷魔道師さんが生活魔法の『ライト』を唱えると、ぼんやりと光る球がふわりと浮かび上がり、辺りを照らした。

この世界の人間であれば誰《だれ》でも使える生活魔法だけど、使う際にはＭＰを消費する。

一般の人はそれほどＭＰがないこともあり、常日頃《つねひごろ》は火を灯《とも》す普通のランプやランタンを使って生活している。

鉱夫さん達が使う鉱山内の光源も普通のランタンが主だ。

ただ、魔物の討伐の際にはランタンが壊れる可能性が高いため、ＭＰに余裕がある人達は『ライト』を光源として使っていた。

今回もそうだ。
周囲が明るくなると、奥から羽音が聞こえた。
徐々に姿が見えてきたのは、コウモリ型の魔物だ。
鉱山と聞いたときからいそうだなと思ったけど、案の定いた。
すぐに支援魔法を唱えて、皆の準備を整えると、騎士さん達が前へ出た。
皆が連携して、危なげなく倒していく。
そして、戦闘が終われば、再び鉱山の奥へと足を向けた。
鉱山の中に出てくるのはコウモリ型の魔物だけではない。
他《ほか》にも、狼《おおかみ》型やトカゲ型の魔物も出た。
ただし、普通の個体ではなく、体が岩で覆われたものが多い。
これまた鉱山の中ということで、土属性の魔物が多いようだ。
奥へと行くにつれて、どんどんと遭遇する魔物の数が増えていった。
黒い沼が近付いているからだろう。
鉱山の中は森の中と違って開けていない分、魔物の密度が高く感じた。
ただ、攻撃の方向も制限されるため、戦闘自体は少し楽かもしれない。
しかも、鉱山の壁は土や岩ばかりで、森とは違って周囲が燃える危険性が少ない。
そうなると、活躍するのは師団長様だ。

師団長様が得意の火属性魔法を次々と繰り出し、サクサクと進むことができた。

もちろん、土属性の魔物と遭遇したときは弱点である風属性魔法を駆使していたんだけどね。

風属性魔法を使うのは、効率のためなんだと思われる。

後は大抵火属性魔法で対応していた。

暫《しばら》く進むと、魔物の種類が変わりだした。

途中からぽつりぽつりとアンデッド系の魔物が出るようになったのだ。

出てきた魔物は動物型ではあるのだけど、体の所々が腐り落ちていた。

そして、心配していた通り臭《にお》いがやばかった。

最初に遭遇したときは、思わず嘔吐《えず》いた。

だから、アンデッド系の魔物と遭遇したときは、なるべく息をしないようにして戦った。

けれども、物には限度がある。

息を止めたまま戦闘を続けることは難しかったので、最終的に持っていた布で口元を覆った。

ないよりはマシ程度だったけど、少しだけ臭いが緩和された。

次に不快な臭いを発する魔物を討伐するときのためにも、防臭マスクのような物を開発した方がいいかもしれない。

元の世界では、そういうマスクがあったような気がするけど、あれって一体どういう原理だったかしら？

流石《さすが》に専門外だから、さっぱり知らないのよね。

そうなると一から開発するしかないのか。

こんな感じの物って話だけしたら開発してくれる人、どこかにいないかな？

防臭マスクについてつらつらと考えながら進んでいると、遂《つい》に黒い沼に到着した。

前もって聞いていた通り、沼の大きさはそれほど大きくはない。

しかし、沼からは次々とアンデッド系の魔物が湧《わ》き出ていた。

何となくだけど、布越しといえども臭気が酷《ひど》くなったような気がする。

早く終わらせて臭いをどうにかしたい。

「ここで止まるぞ。魔法を掛け直せ。ＨＰとＭＰの残りにも気を付けろ」

「「「はい」」」

「じゃあ、魔法を掛けますね。『エリアヒール』、『エリアプロテクション』」

「「「ありがとうございます！」」」

気は急《せ》くけど、そのまま突入したりはしない。

沼の周囲には多くの魔物がいて、これから間違いなく連戦となる。

戦闘を始める前に、一旦《いったん》足を止めて準備を整えるのが定石だった。

団長さんの掛け声で、沼近くにいる魔物から見つからない位置で立ち止まる。

ポーションを飲んでＨＰやＭＰを回復したり、支援魔法を掛け直したり。

ゲームでのボス戦の前のように、皆思い思いに準備を整えた。

そうして、いざ行くぞと思ったとき、師団長様が顎《あご》に手を当てながら口を開いた。

「すみません、少し実験をさせていただいてもよろしいでしょうか？」

「実験ですか？」

「はい。私にも黒い沼を浄化できないか試してみたいのです」

師団長様曰《いわ》く、研究所での新作料理会のときに話したことがずっと気に掛かっていたらしい。

一定以上の濃度の瘴気《しょうき》は魔物に変化するが、更に密な瘴気が変化したものが黒い沼ではないかと王宮では考えられている。

このことから、魔物と同様に黒い沼も【聖女の術】以外の方法で浄化することが可能なのではないだろうかと師団長様は推測した。

そう考えた師団長様は、まずは聖属性魔法で黒い沼が浄化できないか試してみたいという話だった。

「浄化まではいかなくとも、何らかの影響を与えられるかどうかを見てみたいのです」

「聖属性魔法を選ばれたのは【聖女の術】に近いからですか？」

「それもありますが……」

師団長様としては、黒い沼の浄化に特化した魔法を開発し、試してみたかったそうだけど、残念ながらまだ開発できていないそうだ。

そこで次善の策として聖属性魔法で試すことにしたんだとか。

「ここに来て実験か」

「はい。今回の沼はそれほど大きくありませんし、実験をするには手頃かと思いまして」

「だが、あの魔物の数を見ろ。ドレヴェス殿以外の人間で対応する場合、手一杯になりそうだが？」

一通り説明が終わったところで、団長さんが難しい顔をしながら師団長様に声を掛けた。

団長さんも師団長様も同じ地位にいるけど、今この隊を率いているのは団長さんだ。

実験と聞いて、黙ってはいられなかったのだろう。

団長さんの言う通り、師団長様が抜けた状態では、【聖女の術】が発動するまでの間、魔物を捌《さば》ききるのは一苦労だと思う。

他の地で黒い沼を浄化したときも、それは大変だった。

師団長様もそれは分かっているはずだ。

それでも、師団長様は諦《あきら》めなかった。

「ですが、試す価値はあります。もし聖属性魔法で浄化できるのであれば、セイ様以外の者も対応できるようになるということですから」

「それは……。確かに、他の者でも対応できるとなればいいことだろうが……」

「最初の一発だけで構いません。お願いします」

「……、は――。分かった、いいだろう。ただし、試すのは最初の一発だけだ」

「ありがとうございます！」

結局、団長さんは渋々とだけど師団長様の要求を呑《の》んだ。

戦術的にはまずくとも、戦略的には有効だと思ったのかもしれない。

なんて、それっぽく言ってみたけど、合っているかどうかは謎《なぞ》だ。

そして話し合いが終わった後、師団長様の合図で戦闘が始まった。

「では、行きますよ。『ホーリーアロー』」

「「「！！」」」

詠唱を聞いて、思わず師団長様の方に振り向いた。

何てったって、『ホーリーアロー』なんて魔法名は今まで聞いたことも、本で見たこともない。

周りの魔道師さん達も同じようにギョッとした表情を浮かべていたので、恐らく新しい魔法なのだろう。

黒い沼の浄化に特化した魔法は開発できていなくても、聖属性の攻撃魔法という新しい魔法は開発済みだったようだ。

新しい魔法の開発なんて一朝一夕ではできないのに。

流石、師団長様である。

「影響はごく僅《わず》かなようですね。分かっただけでも良しとしましょう。後はセイ様お願いいたします」

「はい！」

師団長様が放った『ホーリーアロー』は、一直線に沼へと吸い込まれた。

沼の様子は変わらないように見えたけど、魔法に精通している師団長様から見るとそうではなかったようだ。

しかし、師団長様に詳しい話を聞いている暇はなかった。

魔法を放ったことで、こちらに気付いた魔物が一斉に向かってきたからだ。

騎士さん達がどうにか魔物を押さえ込んでいる間に、後ろにいた魔道師さん達が魔法で攻撃をする。

いつも通り連携を取りながら、他の人達が魔物に対処してくれている間に、【聖女の術】の展開を始めた。

このところ何度も発動させていることもあり、大分慣れた気はする。

けれども、慣れるのと恥ずかしくなくなるのとは別問題だ。

ほんのりと頬《ほお》が熱くなるのを感じながら集中していると、胸元からふわりと魔力が湧き出てきた。

止めることなく、そのままどんどんと魔力を溢《あふ》れさせる。

金色の靄《もや》が黒い沼を全《すべ》て覆ったところを見届けて、術を発動させた。

途端に周囲が真っ白に染め上げられる。

少しして視界が戻ると、天井から金色の粒子がキラキラと舞い落ちるのが見えた。

「無事に浄化できたようですね」

「流石だな。お疲れ様」

無事に黒い沼も、周囲の魔物も一掃できたようだ。

魔物の姿は一匹もなく、黒い沼があった場所にも今まで通ってきた道と同様の地面が広がっていた。

団長さんの労《ねぎら》いの言葉にお礼を返しつつ、ほっと一息吐《つ》いた。

後は戻るだけということで、少し休憩してから帰路に就いたのだけど……。

「えっ！　なんで？」

アンデッド系の魔物が現れたことに、思わず声を上げた。

黒い沼の浄化直後は付近一帯の魔物も浄化されていることが多く、帰り道には魔物に遭遇しないなんてこともあった。

けれども、全く出くわさないという訳ではない。

また、浄化後暫くすると、やはり魔物は出るようにはなる。

それでも、黒い沼が出現する前と同じ程度の湧き方だ。

黒い沼が出現する前の状態に戻ると言った方が分かりやすいだろうか。

だから、今回も元に戻ると思っていた。

それなのに、以前は出なかったと聞いていたアンデッド系の魔物が出たので、驚いたのだ。

取り敢《あ》えず殲滅《せんめつ》したものの、動揺は収まらない。

「アンデッド系の魔物は以前からいたものではないのですよね？」

「あぁ。ここで出るのは土属性の魔物が主だったはずだ」

動揺とまではいかなくとも、疑問に思っているのは私だけではなかったようで、師団長様も団長さんに確認していた。

団長さんも質問に答えながら、怪訝《けげん》な表情を崩さない。

まさか、黒い沼の出現を機に、この鉱山にアンデッド系のモンスターが湧くようになったなんてことはないわよね？

ここと同じように、黒い沼を原因として新しい魔物が湧くようになった所はあった。

けれども、どの地でも黒い沼の浄化後には新しい魔物は湧かなくなったのだ。

前例のないことに、皆の間に不安が広がった。

「もしかして、他《ほか》にも原因があるんでしょうか？」

「他にも？」

何気なく口にしたことだけど、可能性としてはありそうな話だ。

他の原因として真っ先に挙げられるとしたら……。

考えていると、師団長様が話し始めた。

「考えられるとしたら、他にも黒い沼が存在しているかもしれないということでしょうか？」

「それが一番可能性が高そうだが……。この鉱山は全て捜索済みだが、他に黒い沼が見つかったという話は聞いていていない」

「そうですか」

師団長様も同じ考えに行き当たったらしい。

けれども、鉱山内では第二の黒い沼の存在は確認されていないようだ。

ということは、鉱山の外にあるのだろうか？

暫《しばら》く皆で考え込んでしまったけど、結局結論は出なかった。

今後の方針を決めるにしても、まずは鉱山を出た方がいい。

今の状況では、ここで考え込んでいる最中に魔物に襲いかかられるかもしれないしね。

最終的に、考えるのは集落に戻ってからにしようという話になり、再び鉱山の入り口に向かって歩き始めた。

そうして、道中出会う魔物を倒しながら歩いていると、ふと足に違和感を覚えた。

どうやら、靴の中に小石が入り込んでしまったらしい。

外に出るまでは我慢しようと思いつつも、歩く度に足の裏に当たり、地味に気になる。

うーん、次の戦闘が終わったら、急いで靴を脱いで小石を取り除こうかしら？

「どうした？」

「あ、いえ、ちょっと靴の中に石が入ってしまったみたいで」

「あぁ。それは気になるな。今出してしまうといい」

考えていると、私が妙な表情をしていることに気付いた団長さんが声を掛けてきた。

大したことでもない個人的なことで皆の足を止めさせてしまうのは申し訳なかったのだけど、いい加減、我慢の限界でもあった。

ここは素直に、団長さんの言葉に甘えさせてもらおう。

皆に頭を下げてから、靴を脱ぐために壁に手を突いたときだった。

ぱきりと嫌な音がしたのと同時に、体が傾いた。

「えっ！」

「セイっ‼」

慌てて壁の方を見れば、打ち付けられていた木の板が外れ、ぽっかりと穴が開いているのが見えた。

そして、支えを失った体はそのまま真っ暗な空間へと投げ出された。

◆

穴の向こうは急勾配《きゅうこうばい》の下り坂となっていた。

「いたたたた……」

どれくらい転がり落ちたのだろうか？

暫く転がり落ち、漸《ようや》く止まった所でどうにか体を起こす。

目を開けているはずなのだけど、辺りは真っ暗で何の光も見えない。

音もそうだ。

耳が痛くなるほどの静寂が辺りを支配していて、自分の目も耳も悪くなってしまったんだろうかと不安になる。

目も耳も痛くないから、その可能性は低いとは思うけど。

そういえば、最後に団長さんの声が聞こえたわね。

自分が落ちていくところを、団長さんは見ていたはずだ。

恐らく心配を掛けているだろう。

すぐに捜そうとしてくれているかもしれない。

ここにいると声を上げた方がいいのだろうか？

そう思ったけど、息を吸ったところで止まった。

黒い沼を浄化した後だけど、この鉱山には魔物がまだ出る。

今は周りに何もいなそうだけど、声を聞きつけた魔物が来たらどうしようか？

自分だけで倒すことはできるのだろうか？

ふと、そんな考えが浮かび、声を出すのを止《や》めたのだ。

魔物の討伐に特化した【聖女の術】が使えるとはいえ、攻撃に耐えながら術を発動できるかと言われると自信がない。

基礎レベルが国内トップであることは間違いないけど、肉弾戦で倒すことは難しそうだ。

ならば、大声を出すのは得策ではないだろう。

これからどうしようか……。

考えが途切れると、今度は痛みがぶり返してきた。

最初は落ちた衝撃で彼方此方《あちこち》ぶつけた所が痛かったけど、その衝撃が去った今、じくじくと痛む場所があることに気付いたのだ。

滑り落ちたときに、色々な所を擦《す》り剥《む》いてしまったようだ。

一体、どれだけの怪我《けが》を負ったのかしら？

確認しようにも真っ暗で、自分の姿も全く見えない。

明かりを点《つ》けた方がいいだろうか？

でも、音と同様に光も魔物を呼び寄せてしまいそうだ。

けれども、このまま痛む体を放置して丸くなっているのも微妙な感じがする。

もし今、魔物が襲ってきたら、間違いなく正常なときよりも対処が取りにくい。

どうせなら視界を確保して、怪我を治しておいた方が、同じ襲われるにしても生存率は高くなりそうだ。

それに怪我を治すために魔法を使うなら、発動時に光るのだ。

どっちみち注目を集めてしまうのならば、きちんと明かりを点けた方がいい。

結局そう結論付けて、明かりを灯《とも》すことにした。

ランタン……は持ってきていないのよね。

とすれば、生活魔法の『ライト』か。

いつもはランタンやランプを使っているけど、何度か『ライト』も使ったことがあるから、明かりを点けるのに問題はない。

あっ、そうだ。

前に師団長様が言っていたように、念じながら発動すれば、明るさを落とした状態で光を灯すこともできるんじゃないだろうか？

明るさを落とせば、多少なりとも見つかりにくくなるかもしれないしね。

よし、やってみよう。

「『ライト』」

ぼんやりと光る球がふわりと浮かぶ。

思った通り、浮かんだ球は鉱山の入り口で魔道師さんが出したものよりも明るくはない。

それでも自身の状態を確認するには十分だった。

「あー」

体を見下ろして、思わず落胆の声を漏らした。

服は土や埃《ほこり》まみれで、どこかで引っかけたのか、所々破れていた。

もちろん、破れた箇所は盛大に擦り剥いている。

見ているだけで痛みが増した気がした。

今はまだ色が変わっていないけど、そのうち青痣《あおあざ》も沢山浮かび上がりそうだ。

とっとと治してしまおう。


「『ヒール』」


自分に向けて回復魔法を唱えると、体全体が白く発光する。

いつも通り、白い光の中には金色の粒子も舞っていた。

光が収まれば、擦り剥いていた箇所は綺麗《きれい》に治り、痛みも治まった。

不快感がなくなったことに安堵《あんど》の溜息《ためいき》を吐き、改めて周りを見回す。

今いる場所はT字路で、前後と左方向に道が続いている。

前後は細く平坦《へいたん》な道だけど、左側の道は急な上り坂となっていた。

現状から考えるに、この左側の道から転がり落ちてきたのだろう。

落ちている間は混乱していたので、あまり覚えてはいないけど、上の方を覗《のぞ》いても何の明かりも見えないことから、奥の方は曲がり道になっているのかもしれない。

さて、どうしようか。

このまま一人で行動するよりは、元いた場所に戻った方がいいのは間違いない。

しかし、その思惑はすぐに外れてしまった。

試しに左側の道を進んでみたのだけど、坂道が急なせいで途中から上ることができなくなってしまったからだ。

壁に何らかのつかまる所があれば上れたのかもしれないけど、調べてみても手掛かりとなる所は見つからなかった。

呆然《ぼうぜん》と上を見上げながら、このまま立っていても事態は好転しないなと思った。

戻るか。

ここだと、魔物が来たら逃げ場もないしね。

落ち込んだ気持ちを肺の中の空気と一緒に吐き出して、T字路まで戻った。

「は――――」

これからどうしよう。

前後の道は続いているけど、この場所から移動するのは得策ではないような気がする。

落ちた所を見られているのだ。

向こうも何らかの予測を立てて捜しに来るんじゃないかなと思う。

そのときに私が移動していたら、見つかるものも見つからないだろう。

そこまで考えて、私は壁際に膝《ひざ》を抱えて座り込んだ。

見つけてもらえるまで、どれくらい掛かるのかしら？

肩から掛けている鞄《かばん》の中には、ポーションや簡易の救急セットの他《ほか》に、食料と水も入っているから、少しの間なら持ち堪《こた》えられるだろう。

幸いなことに、ポーションの瓶も水筒も無事だったので、まだ使える。

でも、団長さん達と落ち合うまで何日も掛かってしまったら……？

こんな状況だから、やらなければいけないことを考えている方が落ち着くかと思って考えてみた。

けれども、周りが暗いからか、それとも一人だからか、気を抜くと考えが暗い方向へと向かう。

良くないわね。

悪い考えを追い出すように、頭を左右に振った。

とはいえ、何も考えなければ考えないで、余計に暗い影が忍び寄ってくる気がしてしまう。

うーん。

やらなければいけないことでも、討伐が終わってからのことを考えた方がいいだろうか？

「別のこと考えよ」

気持ちを切り替えるために、態《わざ》と口に出しながら、王都に帰ってからのことを考える。

例えば、討伐に出掛けるまで研究所でやっていた仕事のことや、特産品を使った料理を各領地のレストランやカフェで出すための事前準備のこと。

あぁ、忘れちゃいけない。

第一騎士団に卸すポーションも作らないと。

そこまで考えて、意識せず溜息を吐《つ》いた。

第一騎士団と一緒に討伐に行った後、第一騎士団からも研究所にポーションの注文が来るようになった。

ポーションを作るのは研究の合間のいい気分転換になるし、注文された量も第三騎士団よりは少ないため苦ではない。

ただ、第一騎士団の隊舎に持って行くのが少し気が重いのよね。

理由は第一騎士団に所属する騎士さん達の態度だ。

決して悪いものではなく、むしろ良くしてくれている。

私がちやほやされるのを苦手としていることに気付いたのか、討伐のときのように、お姫様扱いされることもない。

誰《だれ》もが非常に良い距離感で接してくれていると思う。

でも、接していると妙に背中がむずむずしてしまうのよね。

話していても何だか落ち着かないというか、逃げ出したくなるというか。

一体どうしてなのかは分からないけど、そういう理由であまり行きたくないのだ。

同じように接してくれる団長さんは平気なんだけどな。

いや、偶《たま》に揶揄《からか》われて非常に落ち着かなくなるときはあるし、逃げ出したくなるときもある。

しかし、それは一時のことで、避けたくなるような感じではない。

「何でだろう？」

口にしたけど理由は分かっている。

自分が少なくない好意を団長さんに持っているからだ。

恋をしていると言っていいかどうかは微妙な所ではある。

今まで恋愛経験がなかったから確信できないのだ。

日本で読んだり観《み》たりした本や映画の中に描かれていたように、一緒にいるだけで胸が苦しくなったり、浮き足立ってしまったり、一日中団長さんのことで頭が一杯になったりなんていうほど激しいものではないからね。

あぁ、でも……。

一緒にいて楽しいと感じても、他の人と団長さんとでは少し違うように感じるくらいで。

「セイ！」

あれ？　幻聴？

団長さんのことを考えていたからだろうか？

団長さんが私を呼ぶ声が聞こえた気がした。

色々と考え込んでいる間に抱え込んだ膝の間に埋《うず》めていた顔をノロノロと上げる。

辺りを見回しても変わった所はない。

となると、上か？

転がり落ちてきた坂道を覗き込もうと、ゆっくりと立ち上がったら、その坂道から団長さんが飛び出てきた。

「セイ！　無事だったか」

「あっ、ホークさ……」

最後まで言わせてもらえなかった。

団長さんに抱きしめられたからだ。

最初は何が起きたのか分からなかった。

団長さんが素早く視線を巡らし、私が無事であることを確認したのは分かった。

険しい顔をしていた団長さんがほっとした表情を浮かべたのも見えた。

その後、凄《すご》い勢いで近付いてきたと思ったら、上半身が温かいものに包まれた。

抱きしめられたのだと認識したのは、その三秒後だ。

「良かった……」

良くない。

いや、生きてたことは良かったのか？

うん、良かったことだね。

耳元で聞こえた団長さんの声に、心の中で返事をする。

しかし、どうしたらいいのだろう。

人間驚き過ぎると一周回って冷静になるって話を聞いたことはあるけど、私には当てはまらないようだ。

頭の中は真っ白で、どう反応したらいいのかも全く思い浮かばない。

唯々只管《ただただひたすら》、顔が熱くて仕方がない。

えーっと、これ、本当にどうしたらいいの？

こういうとき、友なら逞《たくま》しい胸筋を堪能《たんのう》するんだろうけど。

いや、ちょっと待って！

何考えてるの!?

堪能って何!?

落ち着こう私！

全く落ち着かない頭で、ぐるぐると半分現実逃避をしていると、団長さんの背後から不思議そうに問う声が聞こえた。

「見つかりましたか？」

聞こえてきた声にハッとすると、少しきついほどに私を抱きしめていた腕が緩んだ。

離れたことでできた隙間《すきま》で、ハタハタと熱くなった顔を扇《あお》ぐ。

離れてしまった体温を、名残惜しく感じてしまったのは、きっとここが寒かったからだ。

そうに違いない。

「あぁ、良かった。ご無事でしたか」

「ご心配をお掛けしました」

団長さんが脇《わき》に避《よ》けてくれたことで、後ろから来た人達の姿が見えた。

声を掛けてきたのは師団長様で、私が無事な姿を見せると、珍しくほっとしたような表情を浮かべた。

その後ろで、騎士さん達がニヤニヤしているのには気付かない振りをした。

空気を変えるために、私が落ちてからの経緯を聞いた。

私が落ちた後、団長さんはすぐに横穴へと飛び込もうとしたようだ。

そこに待ったを掛けたのが他の騎士さんだ。

状況から見て、木の板の向こう側に現れた横道は急な下り坂になっていることに気付いた騎士さんは、帰り道を確保してからの方が良いと提案した。

冷静さを失っていたこともあり、一瞬反論し掛けた団長さんだったけど、すぐに切り替えたらしい。

騎士さんの提案に頷《うなず》き、後できちんと戻れるよう横道にロープを下ろしながら来たようだ。

もっとも、その準備のために少し時間は要したようだけど。

「まぁ、一旦《いったん》は切り替えて冷静になったように見えてましたけど、内心では相当気を揉《も》んでたんでしょうね」

「おいっ！」

団長さんを止めたのは、この騎士さんなんだろう。

騎士さんはニヤニヤとしながら状況説明の最後にそう付け加えて、焦った団長さんに止められていた。

折角空気を変えようとしたのにと、私も突っ込みたい。

「それにしても、ここはどこなんでしょうか？」

再び空気を変えようと、今度は今いる場所について尋ねてみた。

前後に延びている道は元いた坑道よりも細いけど、真っ直《まっす》ぐに延びているところから自然にできた物とは思えなかった。

「恐らくだが、使われなくなった坑道の一つだと思う」

「あー、なるほど」

答えてはくれたものの、団長さんもよく知らないらしい。

推測混じりで話してくれたのは、一般的な鉱山の話だった。

この世界でも、どこに鉱石があるのかは掘ってみないと分からないそうだ。

そのため、山中を一定の法則に従って掘ることになるのだけど、中には何らかの理由で使われなくなる坑道もあるらしい。

そういう坑道は人が入り込まないよう、木の板などで道を塞《ふさ》いでしまうこともあるそうだ。

もちろん、その先に道があること等も板に印を付けたりして分かるようにしているらしい。

私が手を突いて壊してしまった木の壁に印が付けられていたかどうかは分からない。

けれども、その先にあった道は自然発生した物には見えないから、恐らく昔掘られた坑道の一つだろうという話だった。

「どうした？」

「いえ、ちょっと気になってしまって」

皆に合流できて安心したからだろうか？

周りを気にする余裕ができた。

団長さんも知らなかったことから、この坑道の存在を知っている人はいないのだろう。

覚えている人がいなかったという方が正しいかな？

もしこの坑道を覚えている人がいたとすれば、他の坑道と同じく騎士団の調査が入って、団長さんに報告が上がっているはずだからね。

となると、この坑道は未調査という訳だ。

偶然だとは思うけど、黒い沼を浄化してもアンデッド系の魔物が出たことといい、未調査の坑道が見つかったことといい、こうも続くと日本人としては疑いたくなってしまう。

フラグが立ったんじゃないかってね。

そのせいで、実際にはそんなことはないと思いたいけど、この坑道の先に何かあるんじゃないかと気になってしまったのだ。

それで前後の道の先を気にしていたからか、団長さんに質問されてしまった。

「何となくですし、何もないとは思うんですけど」

「いえいえ。そういう勘は大事ですよ」

理由はないけど、この道の先が気になるという話をすると、師団長様が表情をワクワクしたものに変えた。

慌てて言い繕ったけど、後の祭。

すっかり師団長様は道の先を見に行く気になってしまった。

こうなると困るのが団長さんだ。

安全面を考慮すると、一度戻ってから再調査のために訪れた方がいいのだろう。

恐らく、団長さんもそのつもりだったはずだ。

現に、難しい表情をして考え込んでしまっている。

私のせいで引き起こされたことに、申し訳ない気持ちが沸き上がった。

「戻るのに掛かる時間を考えれば、ここにいられるのは後二時間だ。準備をしていない以上、鉱山内で野営をする訳にはいかないだろう」

「……、そうですね。では、時間が許す限り調査をするということで」

団長さんの言葉に、師団長様は少し考えてから頷いた。

師団長様はしっかり調べたいって言い出しそうだと思っていたので、少し意外だった。

夕方までには鉱山の入り口へと戻るのならば、急いだ方がいい。

皆同じことを考えたようで、団長さん達はすぐに調査方針について話し出した。

団長さん達が話し合っている間、数人が先行して前後の道の少し先までは偵察しに行ってくれていた。

戻ってきた人曰《いわ》く、片方は進むにつれて酷《ひど》い臭《にお》いが強くなったそうだ。

どう聞いても怪しい。

報告を聞いた団長さんと顔を見合わせて、頷いた。

「臭いが強くなる方を見てみるか」

「ええ、何かありそうですね」

師団長様が団長さんの発言に頷くと、一同の表情が引き締まる。

そうして、足を進めること三十分。

徐々に強くなる酷い臭いに顔を顰《しか》めながら辿《たど》り着《つ》いたその先に、広い空洞が現れた。

空洞の地面には先程浄化した物よりも大きな黒い沼が広がっていて、魔物も沢山湧《わ》いていた。

もちろん、アンデッドばかりだ。

幸いなことに、坑道は空洞のかなり上の方に位置していたため、今のところこちらを認識している魔物はいない。

とはいえ、時間の問題だろう。

浄化ができるなら、さっさとした方がいい。

すぐに浄化をしようと心に決め、その前に黒い沼の全体像を把握しようと先頭に出ようとした。

ところが、途中で何故《なぜ》か騎士さんに止められたのだ。

どうして?

疑問に思ったのは一瞬だった。

「見ろ!」

「うわっ!」

小声で囁《ささや》かれて、騎士さんが指さした方を見ると、沼の表面が泡立っていた。

最初は小さな泡だったが、徐々に大きな物へと変化する。

そこで更に体を後ろに引かれた。

「魔物か?」

「それにしては大き過ぎます」

私と入れ替わるように位置を変えた団長さんが、黒い沼を見て呟《つぶや》くと、団長さんの後ろから覗《のぞ》き込んだ師団長様が否定した。

その後すぐ、二人は大きく目を見張ることになった。

「ドラゴン、それもアンデッドか」

「まずいですね」

水面を大きく揺らして沼の底から浮かび上がってきたのは、特徴的な形をした大きな魔物だった。

ドラゴン。

この世界にはいたんだ。

未《いま》だ姿は見られていないけど、魔物の中でも最強種と呼ばれる物の登場に、背筋がヒヤリとする。

「撤退しよう」

「いいえ、できるなら浄化しましょう。湧いてしまった以上、このままでは大きな被害が出ます」

「だがっ！」

「気付かれていない今のうちに攻撃を仕掛けた方がいいです。あれは流石《さすが》の私でも手に余ります」

撤退を促すために後ろを向いた団長さんは、師団長様の言葉に珍しく大きく舌打ちをした。

「セイ様、その位置から浄化をお願いできますか？」

「この位置からは沼が見えないので……」

「想像で頑張ってください」

「そんな、無茶な！」

「そこを何とか。大丈夫です、我々の魔力よりも貴女《あなた》の魔力の方が自由度は高い」

「くっ！」

「それに、前に出ると危ないんですよね」

「えっ？」

「時間を掛け過ぎたようです」

師団長様が言い終わるやいなや、ドーンという大きな音と共に地面が揺れた。

直後に、聞いたことのない咆哮《ほうこう》が響き渡り、思わず耳を押さえる。

えっ、何⁉

周りを見回すと、私よりも前にいた騎士さん達が皆厳しい表情で下を睨《にら》んでいた。

「気付きやがった」

「あー、セイ。頼む。下に大きな口開けた奴《やつ》がいる」

「それって、もしかしなくてもアンデッドドラゴンですか？」

「そうとも言うな」

「下の壁に体当たりしてきやがった。早くしないと、崩れ落ちるかも」

「それ、まずいじゃないですか！」

先頭にいた騎士さん達の話を聞いて、顔から血の気が引いた。

慌てて深呼吸をしてから、術を発動するために意識を集中したけど、動揺が酷く中々集中できない。

どうしよう。

その間にも、大きな音と共に地面が揺れる。

揺れる度に、天井からパラパラと粉が落ちてくるのが、余計に気を焦らせた。

ふいに、いつものように胸の前で組んでいた両手が温もりに包まれた。

閉じていた目を開くと、大きな手が私の手を覆っている。

手を辿って視線を上げると、団長さんがいつもの笑顔で微笑《ほほえ》んでくれていた。

「大丈夫だ。落ち着いて」

「ええ、そうですよ。私達が守りますから、安心してください」

団長さんの発言に被《かぶ》せるように、師団長様の声も聞こえる。

前を向けば、師団長様は下の方に向かって上級魔法を何度も発動させていた。

師団長様の前には、誰《だれ》かが魔法で作ったのだろう土の壁もある。

更に視線を巡らせば、私の側《そば》には団長さん以外にも騎士さん達が守るようにいてくれて、目が合うとニッと笑い掛けてくれた。

「ありがとうございます！　いきます！」

ここでやらなきゃ、女が廃る。

ノリと勢いで、そんな風に思ってしまったけど、気合いは十分。

再び意識を集中すれば、今度はすんなりと胸の奥からいつもの魔力が溢《あふ》れてきた。

団長さんが手を握っててくれたのも、いい補助になった気がする。

空気より重いのか、魔力はドライアイスの煙のように地面を這《は》い、坑道の先から空洞へと落ちていく。

少しするとドラゴンの大きな咆哮が上がった。

「体が大きいからか、魔力の状態では浄化されませんね」

「それでも多少効果はあるようですよ」

下を覗いていた師団長様と騎士さんが、アンデッドドラゴンの様子を口にする。

弱い魔物は金色の魔力に触れただけでも浄化されるんだけど、ドラゴンともなると簡単にはいかないらしい。

それでも、流れ落ちた金色の魔力は、触れてしまったドラゴンにそれなりのダメージを与えているようだ。

地面の揺れる周期が少し早くなったのは、攻撃を受けたドラゴンが焦っているからのようにも感じられる。

いけない。

手応《てごた》えを感じていい気分になったけど、道のりはまだ半ばのはず。

この調子でどんどん魔力を流して、空洞を埋めなければ。

「セイ様、そろそろお願いします！」

耳から入る情報を半分聞き流しながら意識を集中していると、少しして師団長様からゴーサインが出た。

程良《ほどよ》く空洞に魔力が満ちたようだ。

相手はドラゴン、それもアンデッド。

いつもよりも気合いを入れて、空洞にいる何もかもを浄化するように祈りながら、【聖女の術】を発動した。

目を細く開けると、空洞が白い光で埋め尽くされるのが見えた。

同時に響き渡ったのは、アンデッドドラゴンの断末魔の叫びだったのだろう。

白い光が収まると、地面の揺れは収まり、ドラゴンの声も聞こえなくなった。

あとがき

こんにちは、橘由華《たちばなゆか》です。

この度は『聖女の魔力は万能です』七巻をお手に取っていただき、ありがとうございます。

お陰様で、七巻も何とかお届けすることができました。これも、いつも応援してくださる皆様のお陰だと感謝しております。ありがとうございます。毎回いつもやばいやばいと言っている気がするのですが、その度にやばさのラインが押し上げられている（押し下げられている？）気がしてなりません。ともあれ、周囲の方の尽力のお陰もあり、皆様のお手元にどうにかお届けすることができて良かったと思っています。本当にいつもありがとうございます。

カドカワBOOKSの担当W様、今回も多大なるご迷惑をおかけしてしまい本当に申し訳ありませんでした。途中闇落《やみお》ちしかけましたが、W様がいつものように明るく励ましてくださるお陰で何とか踏ん張れました。ありがとうございます。悩んだときも一緒に考えてくださって、とても助かりました。その他《ほか》の関係者の皆様も本当にありがとうございます。それから、今回もご迷惑をおかけしてしまって大変申し訳ありませんでした。

さて、七巻ですが、お楽しみいただけたでしょうか？　ここからはネタバレが入りますので、まだ本編をお読みいただいていない方は先にそちらをお読みいただければと思います。

六巻の作業中から世界中で疫病が流行しましたが、七巻の作業に入ってもまだ収束はしていないようですね。皆様はお変わりないでしょうか？　私は相変わらず引き篭《こ》もりと手洗いに勤《いそ》しんでいたお陰で、例の病気に罹《かか》ることなく過ごすことができました。六巻で万能薬ができましたが、現実の世界でも一日も早く気軽にワクチンが打てるようになったり、治療薬が開発できたりして、元のように色々な所へと出掛けられるようになるといいですね。旅に出たい、旅に……。

流行が収まっていないからという訳ではないのですが、七巻にもテンユウ殿下のお話が続いてしまいました。つい色々と説明したい欲が出てしまい、舞台裏史上最も長くなってしまいました。書きながら全然お話が終わらないことに途中戦慄《せんりつ》していたのは秘密です。何であんなにポンポン設定が浮かんだんだろう……。そのお陰で死蔵していた設定が息を吹き返したりしたので良かったのかもしれないのか？　またお話ししたいことができてしまったので、そのうちザイデラのお話も書けるといいなと思っています。

終わらないと言えば、舞台裏だけでなく本編もだったんですよね。大体いつもＷｅｂ掲載分は一話三千字を目標に書いているのですが、今回は超えることが多くて。二千五百字辺りから想定していたお話が終わらないことに段々焦りが出て、三千字を超える頃《ころ》には悟りを開くようになりました。六巻までとは逆の現象だったので、今までの反省から脳がストップを掛けることを止《や》めたのかもしれません。そういう訳で七巻は一話の分量が少し多くなっております。

七巻も引き続き、イラストを珠梨《しゅり》やすゆき先生に担当していただきました。今回も素敵なイラストをありがとうございます。今回の表紙は久しぶりの団長さんとのツーショット、しかもいい雰囲気！　優しげにセイさんを見詰める団長さんにとてもテンションが上がりました。また口絵でも普段のセイさんとは少し違う髪型だったり、ガラッと変わってドレス姿だったりと、とても楽しませていただきました。セイさん、かわいいよ、セイさん。美味《おい》しいご飯も忘れてはいけませんね。確認のために見たのが丁度食事前で、非常にお腹《なか》がすいたことを覚えています。またいつか平和になったら珠梨先生とも美味しいご飯を食べに行きたいです……。

コミカライズもとても好調なようです。多くの方に楽しんでいただけているようで、本当にありがたいです。応援してくださる皆様はもちろんのこと、藤小豆《ふじあずき》先生をはじめとした関係者の皆様にもとても感謝しております。いつもありがとうございます。いよいよクラウスナー領編が始まりました。今は丁度、領地に到着した辺りが掲載されていたかと思います。新しいキャラクターも出てきますし、藤先生がどのように描いてくださるのか、私もとても楽しみにしております。

そうそう。コミックの単行本なのですが五巻発売時にはセイさんをイメージした香水が付いたDXパックを出していただきましたが、次の六巻でも出していただけるようです。今回は何と団長さんをイメージした香水が付きます！　男性陣をイメージした香水を出して欲しいというお声もあったので、お応えできそうでとても嬉《うれ》しいです。こちらは先日選んだばかりだったりするのですが、男女問わず付けることができそうな香りとなっております。そのうちカドカワBOOKSの公式サイトでもお知らせされると思いますので、ご興味のある方は公式サイトをご確認いただければと思います。

六巻から七巻が発売されるまでの間に、スピンオフコミック『聖女の魔力は万能です ～もう一人の聖女～』も連載が始まりました。こちらはアイラちゃんが主人公で、本編では描かれていない、アイラちゃんが主軸の本編と並行したお話だったり、宮廷魔道師団に入団した後のお話だったりが描かれています。担当は亜尾《あお》あぐ先生です。お話は亜尾先生が考えてくださっているのですが、これといった資料が原作小説しかない手探りな状態で、一からお話を考えるのはとても大変だったんじゃないかと思います。プロットやネームの確認で、修正をお願いする度に、申し訳ない気持ちで一杯でした。こんな大変なお仕事を受けてくださった亜尾先生には感謝しかありません。もちろん、関係者の皆様もいつもありがとうございます。寛大な亜尾先生と、応援してくださった皆様のお陰で、単行本一巻も刊行することができました。本当にありがとうございます。

絶賛好評発売中のコミックとスピンオフコミックですが、Ｗｅｂコミック掲載サイトであるコミックウォーカー様、ｐｉｘｉｖコミック様、ニコニコ静画様等で連載中です。こちらでは一部無料で読むことができますので、ご興味のある方は、ご覧いただければ幸いです。

さて、六巻ではアニメ化決定のお知らせをいたしましたが、こちらは無事に四月から放送が始まっております。放送開始前にＷｅｂやＳＮＳ等で制作陣等の発表がありましたが、その豪華さに見てくださった方々には驚いていただけたようです。こんなに豪華なメンバーで制作していただけることが決まったのも、日頃から応援してくださった皆様のお陰ですね。ありがとうございます。

そんな豪華制作陣に作っていただいたアニメですが、皆様もうご覧になっていただけましたでしょうか？　このあとがきを書いている時点ではまだ放映が開始されていないので、楽しんでいただけているのかドキドキしております。アニメでは、映像を楽しんでいただくためにアレンジされている箇所もありますが、基本的なコンセプトは原作と同じものとなっております。「一日疲れて帰ってきて、夜寝る前に見て、癒《いや》される物語」を目指して作っていただいておりますので、原作をお楽しみいただいている方にも楽しんでいただけるのではないかと思います。

アニメですが、地上波はもちろんのこと、各動画配信サービスでも配信されておりますので、ご興味のある方は、ご覧いただければ幸いです。

最後になりましたが、ここまでお読みいただき、ありがとうございました。まだ疫病の流行が収まりませんので、皆様、お体ご自愛くださいませ。私もまた八巻をお手元にお届けできるよう、体調を崩さないように気を付けて頑張りたいと思います。また近いうちにお会いできますように。

COSTUME CHANGE

描き下ろしおまけイラスト

イラスト・珠梨やすゆき

The power of the saint is all around.

お便りはこちらまで

〒102－8177
カドカワBOOKS編集部　気付
橘由華（様）宛
珠梨やすゆき（様）宛

カドカワBOOKS

聖女《せいじょ》の魔力《まりょく》は万能《ばんのう》です 7

2021年５月10日　初版発行
2021年９月20日　３版発行

著者／橘《たちばな》　由華《ゆか》

発行者／青柳昌行

発行／株式会社KADOKAWA

〒102-8177
東京都千代田区富士見2-13-3
電話／0570-002-301（ナビダイヤル）

編集／カドカワBOOKS編集部

印刷所／大日本印刷

製本所／大日本印刷

●お問い合わせ
https://www.kadokawa.co.jp/（「お問い合わせ」へお進みください）
※内容によっては、お答えできない場合があります。
※サポートは日本国内のみとさせていただきます。
※Japanese text only

Printed in Japan
ISBN 978-4-04-073924-3 C0093

新文芸宣言

かつて「知」と「美」は特権階級の所有物でした。

15世紀、グーテンベルクが発明した活版印刷技術は、特権階級から「知」と「美」を解放し、ルネサンスや宗教改革を導きました。市民革命や産業革命も、大衆に「知」と「美」が広まらなければ起こりえませんでした。人間は、本を読むことにより、自由と平等を獲得していったのです。

21世紀、インターネット技術により、第二の「知」と「美」の解放が起こりました。一部の選ばれた才能を持つ者だけが文章や絵、映像を発表できる時代は終わり、誰もがネット上で自己表現を出来る時代がやってきました。

UGC（ユーザージェネレイテッドコンテンツ）の波は、今世界を席巻しています。UGCから生まれた小説は、一般大衆からの批評を取り込みながら内容を充実させて行きます。受け手と送り手の情報の交換によって、UGCは量的な評価を獲得し、爆発的にその数を増やしているのです。

こうしたUGCから生まれた小説群を、私たちは「新文芸」と名付けました。

新文芸は、インターネットによる新しい「知」と「美」の形です。

2015年10月10日

井上伸一郎

コミックス1巻（以下続刊）好評発売中！
聖女の魔力は万能です
～もう一人の聖女～
どこにでもいる、普通の女子高生・御園愛良は、
夜、コンビニに買い物に向かう途中、
謎の光に包まれ異世界に召喚されてしまった。
召喚された先では、【聖女】として
第一王子のカイルに歓迎され、もてはやされる。
しかし、愛良と一緒に召喚されたもう一人の女性こそが、
本当の【聖女】だという噂が流れ始め――。
フロースコミック
聖女の魔力は万能です
～もう一人の聖女～
亜尾あぐ
原作:橘 由華　キャラクター原案:珠梨やすゆき
FLOS フロースコミック COMIC

ハズレ職だけど
家族や精霊に支えられ、
ほのぼのモノづくり生活！
コミカライズ
決定！
漫画：あさなや

無自覚最強魔導師の
〝普通〟で〝無双〟な
セカンドライフ、
始まります!
カドカワBOOKS

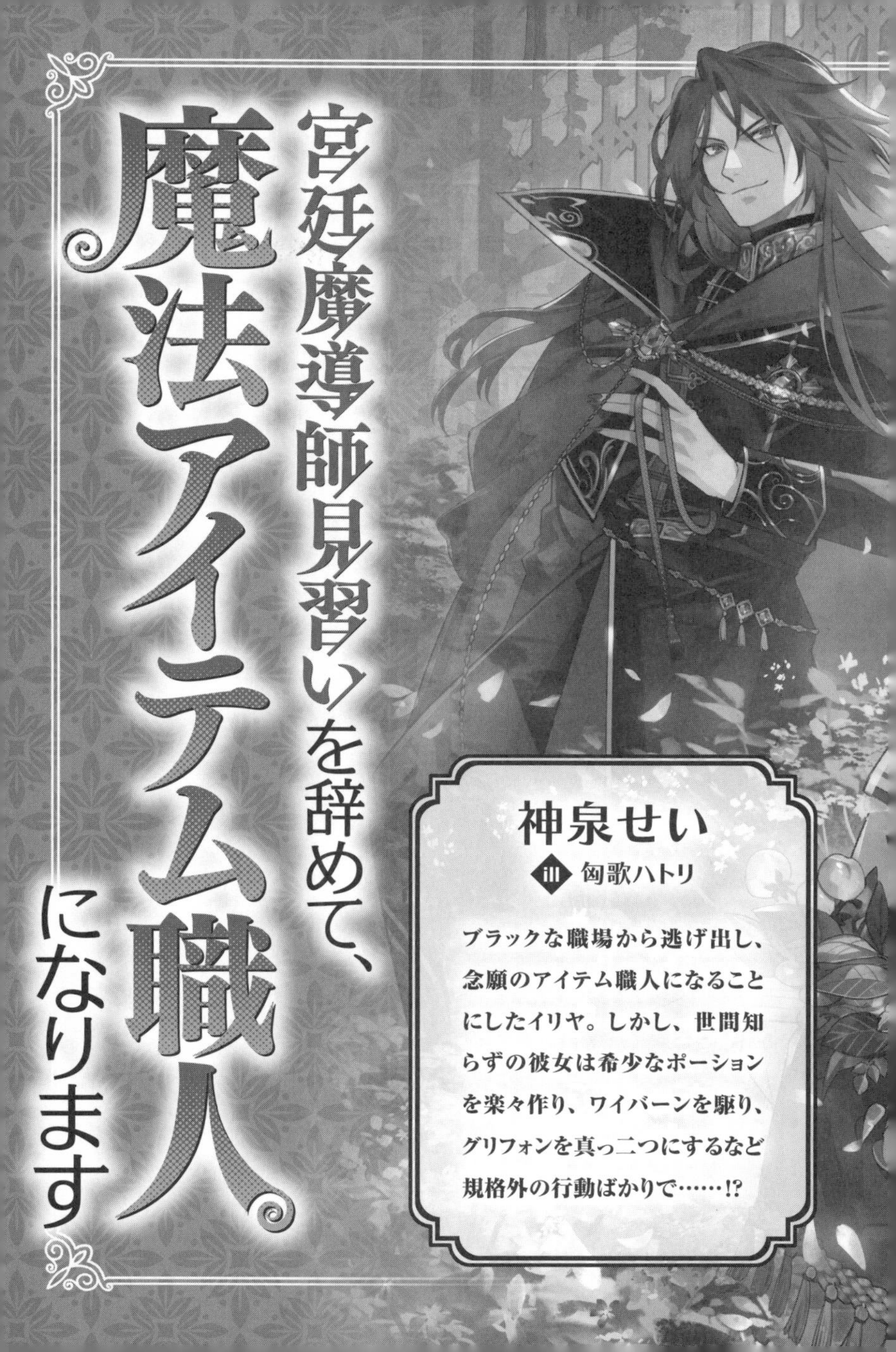

宮廷魔導師見習いを辞めて、
魔法アイテム職人になります
神泉せい
ill 匈歌ハトリ
ブラックな職場から逃げ出し、念願のアイテム職人になることにしたイリヤ。しかし、世間知らずの彼女は希少なポーションを楽々作り、ワイバーンを駆り、グリフォンを真っ二つにするなど規格外の行動ばかりで……!?

最強の食事係兼ポーターとして
異世界グルメ旅、スタート!
B's-LOG COMICほか
異世界コミックにて
コミカライズ連載開始!
漫画・小神奈々

suterare seijo no
isekai gohantabi
捨てられ聖女の
異世界ごはん旅
隠れスキルで
キャンピングカーを
召喚しました
シリーズ好評発売中！
米織 ill 仁藤あかね
カドカワBOOKS
聖女召喚されたものの、ハズレだと異世界に放り出されたリンは、特殊環境下でのみ実力を発揮する超有能スキル持ちだった！　アウトドア好きの血が騒ぎ異世界初川釣りに挑戦していると、流れてきたのは……冒険者!?

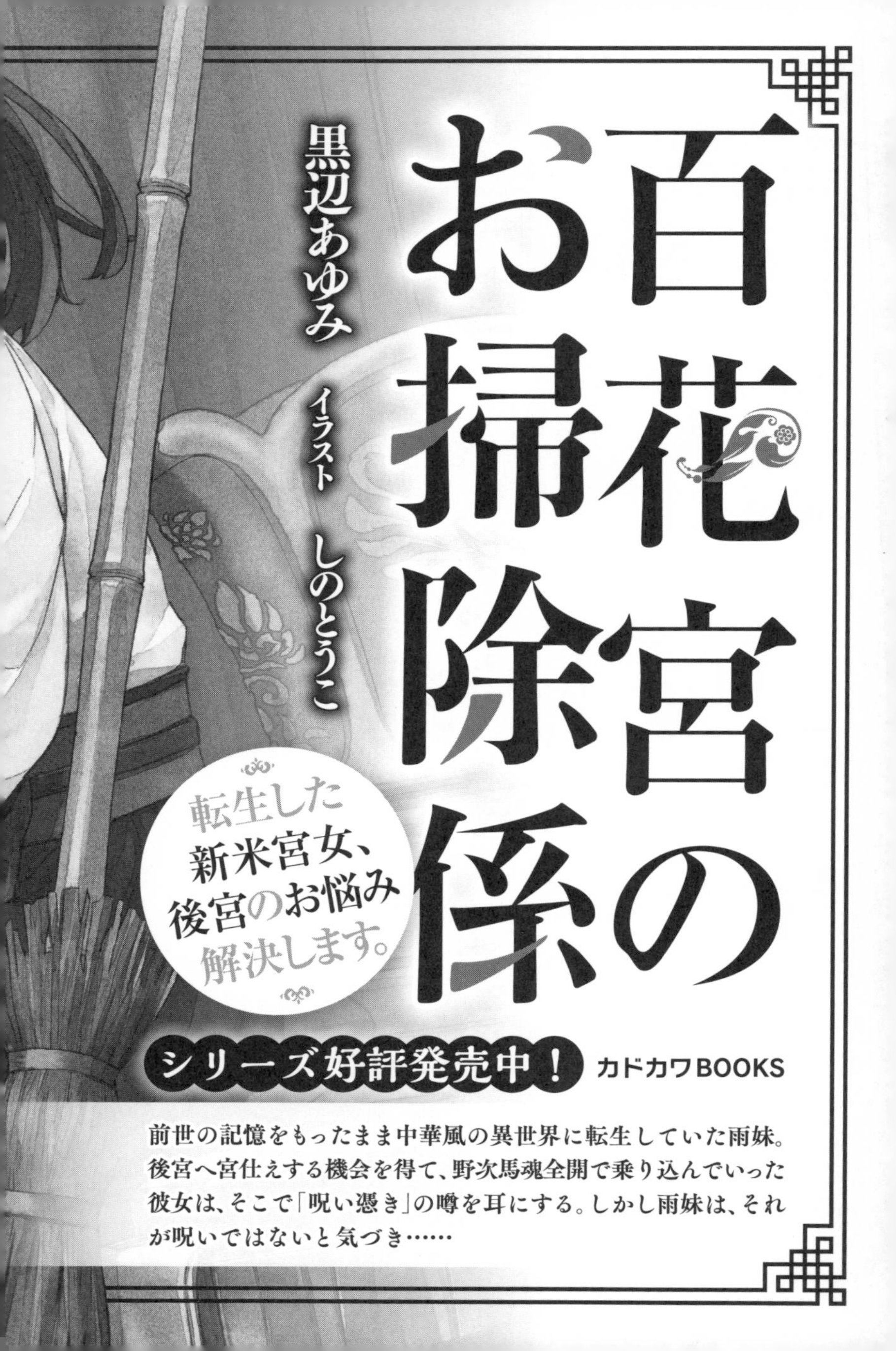
百花宮のお掃除係
黒辺あゆみ
イラスト しのとうこ
転生した新米宮女、後宮のお悩み解決します。
シリーズ好評発売中！
カドカワBOOKS
前世の記憶をもったまま中華風の異世界に転生していた雨妹。後宮へ宮仕えする機会を得て、野次馬魂全開で乗り込んでいった彼女は、そこで「呪い憑き」の噂を耳にする。しかし雨妹は、それが呪いではないと気づき……

FLOS COMICにて
コミカライズ連載中!
漫画・shoyu
憧れの後宮はトラブルだらけでした!?
新米宮女、医療チートで大活躍!
風邪の予防にアルコール消毒!
呪い信者の道士と医学論争!?
無害な化粧品づくり!
第4回カクヨムWeb小説コンテスト
キャラクター文芸部門
〈特別賞〉

喫茶店の看板娘として……
人生やり直し……のはずが
癒しの力に目覚めました!?
……

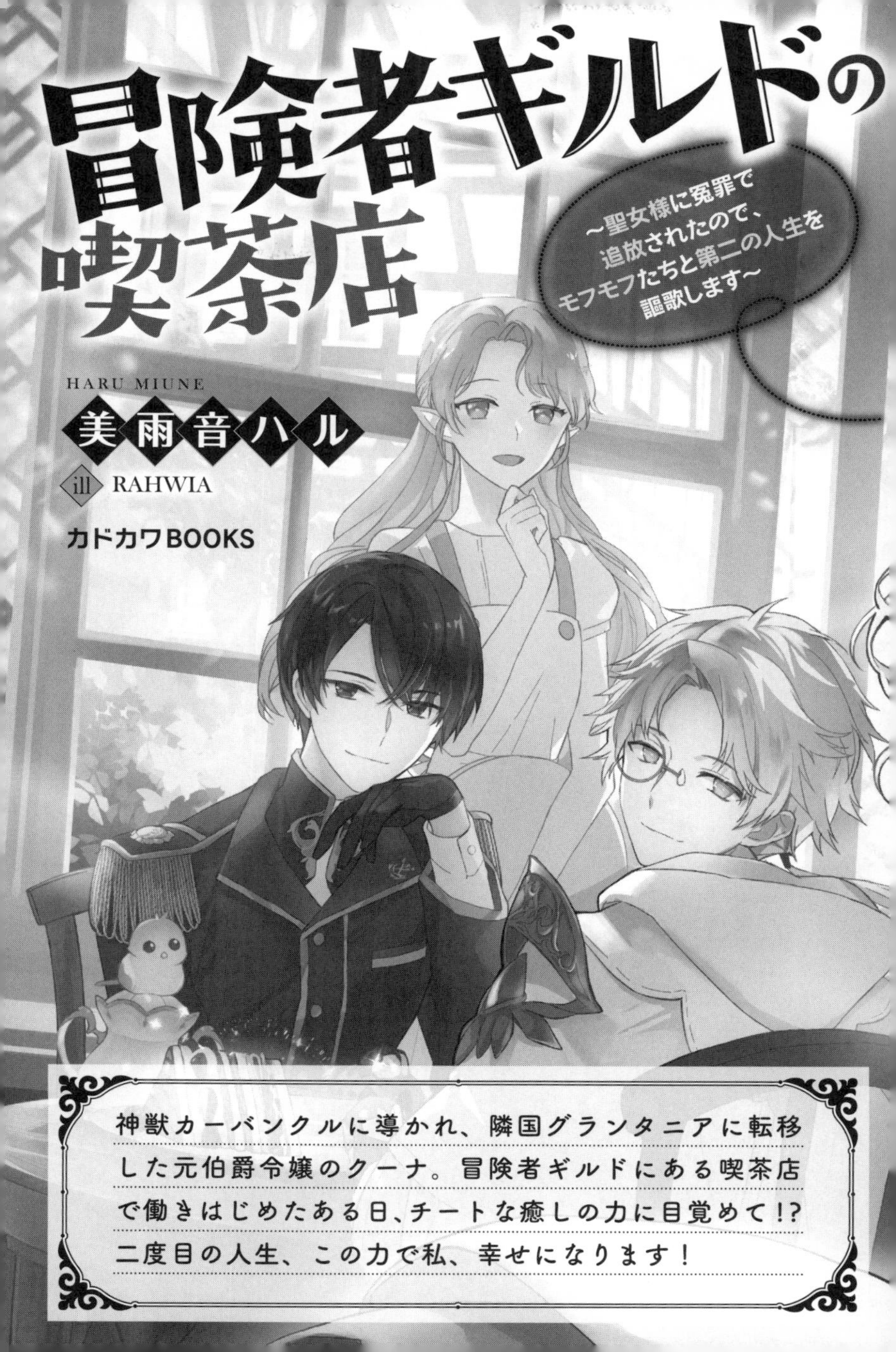
冒険者ギルドの
喫茶店
〜聖女様に冤罪で
追放されたので、
モフモフたちと第二の人生を
謳歌します〜
HARU MIUNE
美雨音ハル
ill RAHWIA
カドカワBOOKS
神獣カーバンクルに導かれ、隣国グランタニアに転移した元伯爵令嬢のクーナ。冒険者ギルドにある喫茶店で働きはじめたある日、チートな癒しの力に目覚めて!?
二度目の人生、この力で私、幸せになります!